춘추(春秋) ② 협력

편자 **김 재 용**

원광대학교 국어국문학과 교수
한국근대문학 전공

식민주의와 문화 총서 16

[일제말 조선어 작품선]

춘추(春秋) ② 협력

초판 인쇄 2011년 9월 1일
초판 발행 2011년 9월 8일

엮은이 김재용
펴낸이 이대현
편 집 이소희
펴낸곳 도서출판 역락
　　　　서울 서초구 반포4동 577-25 문창빌딩 2층
　　　　전화 02-3409-2058(영업부), 2060(편집부)
　　　　팩시밀리 02-3409-2059
　　　　이메일 youkrack@hanmail.net
　　　　등록 1999년 4월 19일 제303-2002-000014호

ISBN 978-89-5556-941-4 93810
정 가 10,000원

* 잘못된 책은 교환해 드립니다.

식민주의와 문화 총서 16

역락

[일제말 조선어 작품선]
춘추(春秋) ② 협력

김재용 편

역락

머리말

　일본 제국이 식민지 조선에서 조선어를 말살하려고 하였던 것은 너무나 잘 알려져 있다. 1938년에 지원병 제도에 부응하기 위하여 조선어 과목을 필수에서 선택으로 바꾼 것이라든가, 1942년에 징병제도에 맞추기 위하여 '국어전해운동'을 펼친 것 등은 이러한 억압의 대표적인 것들이다. 국어로서 일본어만을 남겨두고 조선어를 없애려고 하였던 이러한 기도는 강점 직후부터 있었던 것이지만 일제말에 이르러서는 이전과는 비교가 되지 않을 정도로 폭력적으로 진행되었다. 전쟁동원이라는 다급한 목표 앞에서 조선어를 지키려고 하였던 조선인들의 지속적인 저항을 무시하고 일방적으로 강요하였다. 문학어로서 조선어를 취하고 있던 조선의 작가들에게 이러한 강압은 글쓰기 자체를 포기하게 만드는 것처럼 보였다.

　하지만 일제말의 문학을 보면 조선어로 창작된 작품이 해방 직전까지 줄곧 나왔다. 물론 일부의 작가들이 일본어로 창작하였지만 대부분의 작가들은 조선어로 창작을 하였다. 개중에는 일본어와 조선어를 함께 사용하는 작가들도 있었고 조선어만으로 창작한 작가도 있었다. 조선어만으로 창작한 작가들 중에도 일본어로 창작하는 것을 의식적으로 기피한 이도 있었고 일본어 글쓰기가 불가능하기 때문에 조선어만

을 쓴 경우도 있었다. 1939년부터 일본이 패망하는 날까지 조선어로 된 작품들은 줄곧 발표되었던 것이다. 그러면 조선어로 창작한 작품들은 전적으로 조선인 작가들의 반식민주의적 의식에서 나온 것일까? 상당한 부분은 분명 이러한 자의식에서 나온 것임에 틀림없다. 하지만 조선인들을 전쟁에 동원하기 위하여 일부러 조선어로 창작한 경우도 있다. 조선어를 말살하려고 하면서 일련의 정책을 구사하였던 일본 제국이 겪은 예기치 난관이 바로 조선인들의 낮은 일본어 해독률이었다. 당시 일본 제국의 식민지였던 대만에 비해서도 현저하게 낮았던 조선인들의 일본어 해독률은 전쟁동원에 큰 장애물이었다. 일본어를 모르는 이러한 조선의 대다수 민중들에게 국가의 동원 정책을 전하기 위해서는 불가피하게 조선어를 유지할 수밖에 없었다. 따라서 지식인만을 상대로 한 잡지 등에서는 일본어만을 사용할 것을 강요하였지만 농민 등 대중들이 읽는 잡지에서는 조선어를 사용하는 것을 묵인할 수밖에 없다. 그렇기 때문에 일제말 대중 잡지였던 '春秋'와 '半島の光' 등은 조선어로 된 작품을 실을 수 있었던 것이다.

　이들 잡지에는 두 가지의 다른 성격의 조선어 작품들이 혼재되어 실렸다. 일본 제국의 전쟁 동원 정책을 일본어를 모르는 일반 대중에

게 널리 계몽하기 위한 것이 실리는가 하면, 다른 한편에서는 일본의 식민주의적 전쟁 동원 정책을 피해 우회적으로 자신의 뜻을 드러내려고 하였던 것들도 실렸다. 동상이몽의 공간에서 나온 이들 작품에 대해서 새롭게 주목을 할 필요가 있다. 일제말에 일본어로 창작된 작품이 모두 일본 식민주의에 협력한 것이 아닌 것처럼, 조선어로 창작된 작품이 모두 일본 식민주의에 저항한 것도 아니었다. 그 동안 일제말 문학에 대한 연구가 주로 일본어로 된 작품에 치중되어 있던 현실을 감안할 때 조선어로 쓴 작품에 대한 검토가 절실하다. 이런 뜻에서 우선 '春秋'와 '半島の光'에 실린 작품들을 우선 추려 선집을 낸다. 작품 입력에 도움을 준 민족문학연구소 연구원들에게 감사한다.

2011년 8월 편자

차 례

扶桑舘의 봄

··· 정인택

1

모두들 핀둥 핀둥 놀고 있는 몸이라 아침엔 의례히 경쟁을 하다시피 늦잠을 잤고, 그래선 늘 열한 시가 지나서야 겨우 부산하게 밥상을 대했다.

그 시각이 거의 약속이나 한 듯이 한결같아서 비록 선후는 있지만 십분 이상의 차이가 나는 때는 별로 없었으므로 우리들 세 사람은 매일 아침—낮인지도 모르지만—세면소에서 혹은 식당에서 얼굴을 대할 때마다 서로 겸연쩍게 웃었고, 그리고 짧은 사이에 급속하게 친밀해졌던 것이다.

밥만 먹고 나면 텅 비인 부상관(扶桑舘)은 우리들 세상이다.

십여 명이나 되는 하숙인들은 우리들이 아직 자릿속에 있을 때에 모두들 제각기 일자리를 찾아 나갔고, 집 지키는 사람이라곤 방기(芳紀)

십팔 세의 ‘하마에’ 하나뿐이다.

‘하마에’는 우리들더러 잠꾸러기라고, 된장국 식는 것도 걱정이려니와 설거질이 늦어서 더 탈이라고 제발 좀 일찍 일어나 아침만이라도 잡수신 후에 또 주무시든지 말든지 하시라고, 매일 아침상 볼 때마다 넋두리 모양으로 되풀이하는 것이나, 그 뿐, 그 이상은 이쪽에서 먼저 이야기를 꺼내어도 대답조차 잘 안하는 말 없는 색시이라 낮이면 어느 구석에 가 들어 박혀 있는지 그 존재마저 잊을 지경이다.

이렇게 되고 보니 혈기 방장한 우리들이 기세를 안 올릴 수도 없는 노릇이다. 더구나 내 맞은 편 제일 큰 팔 죠 방을 차지하고 있는 ‘아사오’는 이 집에서 대학을 나왔고, 그 대학 나온 지가 지금부터 이년 전이라니 도합 오년 간을 한 하숙에 있는 셈이라 거의 주인과 가릴 바 없었으므로 그와 같이만 행동을 한다면 사실 부상관에 있는 한 거리끼는 것도 두려운 것도 없었던 것이다.

‘아사오’뿐 아니라 바른 편 구석방에 자리잡고 있는 ‘무라이’도 역시 부상관에 온 지 2년 반인가 3년인가 된다하여 이 집에서 셋째 손가락에 꼽히는 손님이니, 나야 아무리 옮겨 온 지 한 달이 채 못된다 하지만 우리들 세 사람의 ‘컴비네이션’ 속에는 말하자면 이 하숙의 원로가 두 사람이나 섞여 있는 셈이라서 아무도 감히 우리들의 행동을 비난한다거나 우리들에게 대해 괄세를 하지는 못했다.

그것은 하여간에 그들은 대체 이 다 낡아 빠진 부상관에서 어떠한 매력을 느끼는지 한번 이 집에 들기만 하면 모두들 그대로 눌러 앉는 모양이어서 나 같은 말하자면 뜨내기 손님으로는 겨우 아래층 문턱 방에 있는 '타이피스트' 한 사람뿐, 그 외에는 제일 최근에 온 사람이라도 1년은 넘는다는 것이다.

무장야철도(武藏野鐵道)의 '시이나마찌(椎名町)' 역이 바로 문 앞이면서도 무척 한적한 것이 취할 점이라면 취할 점이겠으나 그것은 교외에만 나가면 동경에서는 아무데서나 구할 수 있는 것, 별로 신기할 것도 소중히 여길 것도 못된다.

따지고 보자면 이 한 가지 외에는 미점커녕을 매력커녕은 도리혀 흉잡힐 데 뿐이어서, 집은 헐었고, '다다미'는 더러웠고, 벽이 얇아서 옆 방 이야기 소리가 모조리 들렸고, 방이 어두워 항상 침울했고, 거기다 주인 마누라는 나이 값도 못하는 미두에 미친 칠십 노파, '죠쭈(女中)'라는 게 겨우 열여덟 살 밖에 안 된 얌전하기만 한 '하마에'하나, 그러니 먹이는 반찬조차 시원하게 입에 맞을 리 없어—이러고 보니 비록 방값이나 밥값은 다른 데 보다 약간 싸다하지만 대체 무엇 때문에 그들이 이 부상관에 눌러 붙어 있는지 내게는 도무지 알 수가 없는 수작이다.

언제까지 여관에 묵어 있을 수도 없어 하룻날 문득 입교대학 뒷골목을 무턱대고 걷다가 우연히 이 부상관을 발견하고,—아무데라도 내년 봄에 학교에 들 때까지 있어 보잤구나.

그런 뱃심으로 그날로 짐을 옮겼던 것인데 그 짐이라는 것이 겨우 '슈트케이스' 하나, 이부자리 한 벌, 그 뿐이었으므로 그 초라한 꼴에 맨 먼점 놀랜 사람이 실로 '하마에'가 아니요 이제나 저제나 낮이면 집 지키기에 바쁜 '아사오' '무아리'의 양군이었던 것이다.

문 어구에서부터 물끄러미 나의 이사하는 꼴을 바라보고 섰던 두 사람은 내가 채 방도 치우기 전에 나란히 불쑥 들어서며 제각기 느릿느릿한 말투로 자기소개를 하고 나서,

"이거 온 지가 먼점 인살 여쭤돼야 헐걸, 죄송하게 됐습니다. 잘 지도해 주십시오."

이렇게 황송해 하는 내 말은 귀에로 담지 않고,

"거 대체 무슨 짐이 고거뿐이오."

난데없이 이런 실례되는 말을 묻고는 퍽도 신기하다는 듯이 소리를 높여 껄껄대는 것이다.

"네, 저어, 동경에 온 지 며칠 안돼서……."

어리둥절해서 더듬는 내 대답이 또 한 번 재미있었는지 그들은 다시 소리내어 웃고,

"허어, 그럼 아직은 아무것도 안하시겠구려."

"네, 내년 봄까진 시험 준빌 할 작정입니다."

"거 잘 됐소이다. 우리 동지로군. 자아 우리 악수합시다."

그리며 먼저 손을 내민 사람이 바로 내 앞 방에 있는 '아사오'였다.

십여 명 하숙인 중에서 직업을 안 가진 사람은 그들 둘 뿐이었다. '아사오'는 이년 전에 명대(明大)를, '무라이'는 올봄에 조대(早大)를 졸업했다는 것이나 무엇 때문인지 그들은 취직할 생각도 집에 내려갈 생각도 아니하고 여전히 이 부상관 음산한 방 속에 쳐박혀 하는 일 없이 유들유들 놀고만 있다는 것이다.

'하마에'가 전하는 바에 의하면 '아사오'는 고문(高文)이 목적이요 '무

라이'는 작가 지망(作家志望)이라 하지만 당자들은 그것을 긍정도 안하고 그렇다고 강경하게 부인도 안하고, 그저 농담으로 얼버무려 껄껄 대일 뿐이므로 나도 따라 웃고 마는 것이다. 그러니까 한 달 남짓한 동안 거의 매일 같이 접촉하면서도 아직도 나는 그들의 정체를 정확하게는 알지 못한다.

그런 것은 알든 모르든 간에 나에게 친절하고 또 내 울적한 심사를 풀어 줄 수 있는 동무를 만났다는 것은 하여간에 내게는 다행한 일이었다.

또 마침 외롭게 동경으로 건너와 고독을 느끼려고 하던 차이므로 나는 주저 없이 그들 두 동무 사이에 뛰어들어, 취미도 성격도 취향도 어긋나는 우리들이었으나 환경이 같고 틈이 있다는 그 점에서 손쉽게 한데 어울리어 매사에 행동을 같이 하고 뉘우침이 없었던 것이다. 그들로 하더라도 둘뿐이어서는 좀 적적함을 느끼지 않을 수 없던 차에 나 같이 색다른 동무가 뜻하지 않고 생기고 보니 적지 아니 반가웠든지 나의 그런 태도를 무척 환영하는 빛이었다.

늦인 아침밥을 먹고 나선 의논이나 했던 듯이 우리들은 대개 '아사오'의 방으로 몰려간다.

'아사오'의 방이 제일 넓고 밝을 뿐 아니라 장기니, 바둑이니, 화투니 하는 그런 오락 도구가 완비되어 있었고 또 장서(藏書)가 방 사(四)벽에 가뜩 들어차서 장난이나 잡담에 지쳤을 때 그대로 번찍 드러누워 아무것이고 손에 닿는 대로 집어 읽기에 편했기 때문이다.

한가함이 낳는 우리들이 운축을 기우린 잡담이란 실로 범위가 넓고 방면이 많은 것이어서 때로는 시대니 사회니 정치니 그런 것을 논하고 때로는 문화니 예술이니 민족이니를 말하고 하는 것이었으나, 그러나 그것은 극히 드문 일, 대개는 아무 짝에도 못쓸, 그리고 혹간가다 '하마에'가 엿듣고는 얼굴을 붉히며 도망질치는 그런 종류의 상스럽지 못한 이야기로 웃고 떠들고 하는 게 일이었다.

그렇지 않으면 하루 종일 줄기차게 장기판이나 바둑판을 뚝딱거리다 그것에도 지치면 이번엔 또 '무라이' 방으로 와르르 몰려가는 것이다.

'무라이'의 방은 제일 구석져 아늑한데다 '무라이'가 음악을 애호하는 탓으로 '바이올린' '맨돌린' '기타' '실로폰' 등 가지각색의 악기와 고금동서의 명곡 '레코드' 수 백매가 우리들을 대기하고 있기 때문이다.

'무라이'의 방으로 몰려 갈 때는 대개 셋 중의 누구든 한 사람 심사가 편치 않을 때다. 그렇기 때문에 '무라이'의 방 문턱을 넘어 서자마자 제각기 맘에 드는 악기를 집어 들어 집이 떠나가라고 '톤'이 맞지 않는 합주(合奏)도 하여 보고 혹은 가령 한 사람이 'G선상(線上)의 아리아'를 숭내 낸다면 이편에선 '노영(露營)의 노래' 또 한편에선 '지나(支那)의 밤이여' 하고 서로들 머리에 떠오르는 대로, 맘 내키는 대로 찧고 까불고 하다가 또 그것에도 지쳐서 잠시 동안 멍하고 앉았노라면,

— 아아 아아 아아아

흔히 '무라이'는 이렇게 길게 비명 같은 한숨을 토하고 '챠이코프스키'의 '비창(悲愴)'을 걸어 놓고 창에 가 걸터앉아 비창한 얼굴을 하는 것이다.

그럴 때에 '하마에'가 빗자루나 종채를 들고 층계를 올라오거나 복

도를 지났단 야단이다.

"하마 짱."

무슨 긴급한 일이나 있는 듯이 은근한 목소리로 부르는 것은 의례 '아사오'였다.

"하마 짱. 이리 잠간만 와."

"왜요?"

밤낮 당하는 실없는 짓이나 그대로 묵살하고 지내치지 못하는 것이 '하마에'의 성질이다.

"글쎄 좀 와."

"왜요?"

그렇다고 '하마에'는 또 그것을 농담으로 받아 넘기지도 못하는 것이다. 그리고는 마지 못한다는 듯이 방안으로 한 걸음 들어서서 대개는 내 등 뒤로 돌아간다. 나를 방패삼고 여차직하면 들고 뛰려는 자세이다. 그래도 '아사오'는 개의(介意)치 않고 추근추근하게,

"이거 봐, 하마 짱, 올해 몇 살이랬지?"

"몰라요."

"신랑감이 하나 있는데 말야……"

"또, 또."

"아냐, 끝까지 들어 봐. 저어, 하마 짱더러 말이지……. 아 이리 좀 와, 왜 이렇게 꽁무닐 뺄까, 사람이."

그리고 쏜살같이 덤벼들어 '하마에'의 손목이라든가 옷자락이라든가 를 잡아낚을 것 같으면 '하마에'는 질겁을 해서 내 등에나 팔에 매달

리어 어쩔 줄을 모르고, 그러면 그럴수록,

"옳지, 너 김상헌테만……"

나중에 '아사오'의 입에서 그런 말까지 나오면,

"어쩌면, 어쩌면."

어처구니없다는 듯이 '하마에'는 쩔쩔 매이며 얼굴이 새빨개져 있는 힘을 다 써서 뿌리치고 달아나고, 나중 잠시 잠잠했던 방안엔 다시 폭소가 터지는 것이다.

2

사흘에 한 번식 나흘에 한 번씩은 우리들 세 사람의 한뭉치가 된 생활이 주석(酒席)으로 변하여 밤 열한시, 열두시까지 연장될 적이 있었으나 대개는 저녁상과 함께 끝 막는 것이 예(例)이다.

하숙한 사람들 거의 전부가 돌아오고 주인 마누라와 제대(帝大) 독문과(獨文科)에 다니는 그 아들도 돌아오고 하여 그 때부터 부상관은 완전한 우리들 세 사람만의 부상관이 아니기 때문이다.

그러면 나는 그들과 헤어져 나의 조고만 '삼죠' 방으로 묵묵히 자리를 옮긴다. 그날 하루를 웃고 떠들며 지냈으면 웃고 떠들며 지냈을수록 밤을 대한 나의 마음은 반비례로 침침(沈沈)히 가라앉고 마는 것이다. 불안과 고독을 느끼는 것이다.

어느덧 가을도 지냈다. 아니 '세무' 옷 벗은 지도 오래니까. 이미 겨울이 시작된 지 한참인지도 모른다.

마음 편할 때뿐 아니라 괴로움에 마비되어 세월 가는 줄 모르는 일도 더러는 있는 모양이다. 그렇지 않다면 이다지 계절에 무관심할 수는 없었다.

도망하다시피 하여 집을 나온 게 곰곰 생각하니 늦은 여름이었다. 십여 일 남짓한 동안 거의 밤잠을 못 잘 지경으로 열번 백번 고쳐 생각한 나머지 아버지를 배반하는 것이 진정한 효도의 첫걸음이라는 것을 절실히 깨닫고 나는 그 '파라독스'와도 흡사한 진리에 충실하리라 겨우 결심할 수 있었던 것이다.

아무리 생각해도 내 나이에 결혼한다는 것은 일렀다. 더구나 학교도 마치기 전에 아내를 맞이한다는 것은 슬프기까지 한 일이었다. 그것을 백방으로 알려 드리려고 나는 거의 울가망이 되었으나 아버지는 종래 고개를 홰홰 저으실 뿐이었다.

애비가 네게 그릇된 길 지시하겠느냐고, 나이 삽 십이 넘 모렌데 웨 이 자식아 늙은 부모의 맘 몰라주느냐고 연로한 어머니마저 한패가 되어 애정을 방패로 나를 힐책하실 때, 나는 그만 말문이 막히어 고개를 수그리고 말았던 것이다.

고개는 수그렸어도 진실로 아버지 앞에 머리를 수그린 것은 아니었다. 머리를 수그리어 아버지의 말씀에 순종할 생각은커녕, 아버지의 음성이 높아 갈수록 내심에 지닌 반항의 덩어리는 점점 이글이글 불타 올랐다.

결혼에 대한 반감이 그렇게도 굳셀 줄은 내 스스로도 얼마동안 의식치 못하고 있었던 바이다. 그 이유가 단순히 내 나이가 어리다든가,

학업을 미치지 못했다든가, 그런데만 있는 것 같다고는 내 자신으로도 단언할 수 없었다. 그렇다고 물론, 사진 밖엔 보지 못했으나 당자에게 불만이 있다는 것도 아니었다.

그런 것들도 내가 결혼을 기피하는 커다란 원인의 하나일 수는 있었다. 그러나 결코 그것만에 그치는 것은 아니었다.

이제 이르러 돌아보니 진실로 그 근본에 가로놓여 있는 것은 어리석다고 할만치 단순한 꿈이었다. 몸도 마음도 순색으로 자라났던 만큼 나는 어린애 같이 천진한 꿈을 오랜동안 고이고이 키워 왔었다. 그 꿈은 도저히 부모가 택한 이성을 상대로는 이루어질 수 없다고— 그것은 내게 있어 한 개의 신앙과도 다름없었던 것이다.

그러나 구한국 시대의 완고함만을 몸에 붙이고 살아오신 아버지가 그러한 어린 자식의 꿈을 알아주실 리 없었다. 아버지에겐 오로지 그것은 한 개의 어리광으로 밖엔 생각되지는 않으셨던 모양이다. 동시에 자식으로서 부모의 말에 거역한다는 것은 인륜에 어그러진 일이라고, 아무리 못생긴 자식이기로 그것쯤야 모를 리 있겠느냐고, 그리하여 아버지는 억지를 트시기 시작하셨던 것이다.

중매쟁이 출입이 잦았고, 사주가 오고가고, 일진을 보신다하여 때 묻은 책력은 하루하루 더 낡아갔다.

그러할 즈음에 뜻하지 못했던 기회가 닥쳐왔다. 닥쳐왔다느니 보다는 그 뜻밖의 기회가 나를 못살게 들먹이고 충동이었는지도 모른다.

역시 내 혼삿일 때문에, 그날, 아버지는 아침부터 읍에 들어가 안계셨고, 어머니마저 공교롭게 밖에 나가시어 딴 때 없이 안방엔 인기척이 없었다.

그 고요함이 몹시 내 마음에 거슬리어 나는 무심코 안방으로 건너가서 아버지 문갑 서랍을 열어 보았던 것이다.

바른대로 고백하거니와 그 순간 전까지도 나는 그러한 맘보를 가지지 못했었다. 그러나 二五백 원 짜리 지폐 뭉치를 보았을 때, 나는 무슨 영감(靈感)과도 같이 머릿속을 스치는 상념(想念)에 사로잡히고 말았던 것이다.

해결하는 방법이 여기 있다고 나는 굳게 믿을 수 있었다. 그 오백 원이란 돈이 내 혼수 비용이라는 것을 생각할 때에 나는 모든 것을 얼른 결심할 수 있었던 것이다.

한 때의 불효는 머지않은 장래에 이배 삼배로 하여 갚아 드릴 자신이 있었다. 또 머지않은 장래에 내가 취한 길이 자식으로서 어긋난 짓이라고만도 할 수 없다는 것을 알려드릴 자신이 있었다. (터무니없는 자기변호여)

겨우 장성한 자식 하나 잃었다고 땅을 치며 통곡하실 늙으신 부모의 슬픔과 쓰라림, 헤아릴 여지가 내게는 없었다. 나는 그 당장으로 그 지폐뭉치를 훔쳐 들고, 몰래 집을 빠져나와 곧장 동경으로 건너오고 말았던 것이다.

다니던 학교에는 연락선 속에서 퇴학원을 써 보냈다. 다섯 해 후엔 반드시 성공해서 집으로 돌아가겠사오니 몸조심하시고 기다려 주십시사고, 집에도 간단한 사연을 적어 보냈다.

"아 이 사람아, 별안간에 웬일인가?"

역에까지 마중 나온 중학 동창 P군의 손을 잡고 나는 커다란 결의를 얼굴에 나타내이며,

"나 고학하러 왔네."

그렇게 말하고 나서 그림에서만 본 역전의 '마루비루'를 한참동안 노려보았던 것이다.

그 P군에게도 알리지 않고 나는 몰래 이 부상관으로 숙소를 옮겼다. 아무리 굳게 약속은 했어도 어떤 기회에 어떻게 내 있는 곳이 아버지 귀에 들어갈지도 몰랐기 때문이다.

그렇게 이 세상에서 숨다시피하여 나는 혼자 파묻혀 인제부터 살아가고 학교에 다닐 방도를 궁리할 작정이었던 것이다. 생소한 타향에서 오백 원이란 돈이 얼마나한 가치 밖에 못가진 것을 나는 잘 알고 있었다.

그러나 앞일을 생각하기 전에 나는 먼저 내가 저지른 과거의 죄악의 굴레에서 벗어나야 했다.

아무리 내 자신 대의명분을 내세워보아야 역시 죄인이란 범주를 벗어나기는 어려웠다. 아무도 나를 지탄하는 사람은 없다하더라도 그런 감정은 날이 갈수록 치열(熾烈)하게 내심에서 불타올라 더욱 나를 괴롭게 하는 것이다.

그러한 망막한 괴로움 속에서 허덕이고 있을 때 '아사오'와 '무라이'라는 유쾌한 동무를 만났다는 것은 한없이 반가운 일이었다. 적어도 그들은 내게 생각할 여유를 주지 않았었다.

옳다, 내년 봄까지, 내년 봄까지, 나는 쥐죽은 듯 들어박혀 커다란 비약을 위하여 준비함이 있으리라. 그리고 내 자신을 키우기 위하여

기초를 닦으리라.

"하마 짱?"

나는 번뜩 자리 속에서 엎드렸던 반신을 이르켰다. 누구인지 문을 두드리는 듯하였기 때문이다.

"네에. 저어……"

"들어와요."

바시시 문이 열리고 약간 홍조된 둥근 '하마에'의 얼굴이 갸웃한다. '하마에'는 내가 밤잠 못자는 줄 알고 매일 저녁같이 나를 위하여 밤참을 준비해다 주는 것이다.

"벌써 다들 자나?"

"그러문요."

'하마에'는 채 방안에 발도 들여놓지 않고 한 손으로 '우동' 남비를 조심스럽게 내밀며,

"자정 넘었어요……. 어서 주무세요……. 그리고 이거…….."

말을 맺지 못한 채 무엇인지 뒤에 숨겼던 것을 얼른 이불 밑에 파묻고 그대로 '하마에'는 도망치듯이 층계를 내려가는 것이다.

"유담뽀"였다.

나는 약간 눈시울이 뜨끔하는 것 같아 다시 고개를 숙이고 조용히 발을 뻗어 발끝으로 그 '유담뽀'를 매만져보았다. 어머니 손끝 같은 따사로움이 가만하게 부드럽게 기어오르고 스며드는 것이다.

"얼른 자랬으니 얼른 자야지."

어느 사이에 '유담뽀'가 필요하도록 날이 바뀌고 달이 바뀌었다. 나

는 그 '유담뽀'에서 우러나는 훈훈한 운기를 마음속으로 얼싸안듯하며 그것 외의 다른 아무것도 생각하려 들지 않고 가만히 눈을 감아 보았다.

3

금방 진눈깨비라도 나릴 듯이 아침부터 찌뿌드드한 날씨였다. 거기다 바람까지 불어 끊일 새 없이 창문이 덜럭거려서 어둔 방안엔 더욱 음산한 기운이 떠돌았다.

나는 자리 속에서 오정 치는 소리를 들으면서도 일어날 생각을 먹지 않았다. 입안이 깔깔하고 골치가 띵해서 밥 먹을 생각도 없었다. 눈을 뜬 채 멍하니 자리 속에 꼬부리고 드러누워 천정을 쳐다보며, 공연히 어제 술을 많이 먹었다고, 아마 그 술이 나빴던가 보다고 그런 것을 생각하였다.

어제 밤, 자리 속에 들려던 나를 억지로 술 먹자고 끌어 낸 사람은 '아사오'였다. 날도 춥고, 술이 먹고 싶으니 덮어놓고 같이 나가자는 것이었다. 문 밖에서 '무라이'마저 다른 때와 똑같은 탁한 어조로 떠듬떠듬 같이 갑시다, 응, 가요, 하는데는 평소의 우의를 생각하여 나로서는 거절할 수 없었던 것이다. 그리하여 '오뎅' 집에서부터 시작한 것이 어디를 어떻게 먹고 다녔는지 기억에 남아있지 않을 정도를 만취해서 돌아와 쓰러져 잤던 것이다. 기억에 남아 있는 것은 집에서 무슨 불쾌한 편지가 왔다고 웅얼대이던 '아사오'의 넋두리뿐이다.

―인젠 절주(節酒)를 좀 해야…… 동경에 온 지 벌써 석 달이 넘었

다. 입학할 학교조차 아직 정하지 못하고 있는 형편에다 가진 돈이라고는 이미 삼백 원이 될락말락이다. 학교 든 후의 생활까지 생각하면 까마득하여 그럴 때마다 나는 이런 덧없는 반성이랄까 결심이랄까를 거듭하는 것이다. 그러나 언제든 헛되인 반성이요 결심이었다.

"인젠 정말……."

부지중 그렇게 입 밖에까지 내여 중얼거리다가 나는 문득 귀를 기울였다.

맞은 편 '아사오' 방에서, 총채질하는 소리가 들렸기 때문이다.

"하마 짱이요?"

나는 드러누운 채 불러 보았다. 소제하는 것을 보니 '아사오'는 벌써 일어난 모양이다.

총채질이 잠간 그치더니, 대답은 없이 '하마에'의 발자취 소리가 복도를 건너오며,

"네, 안 일어나세요?"

하면서 방문이 반쯤 가만히 열린다.

"왜, 일어나야 할텐데 머리가 아파서—다들 일어났어?"

"일어나시기커녕 벌써 다들 진지 잡수고 나가셨는데요."

"나갔어? 희한한 일도 있네."

"모르겠네요. 두 분이 한테 일찍 나가셨어요. 급한 일 있다고. 아홉 시쯤 해서."

"흥, 무슨 일일까. 어저께 밤까지도 암말 없던데."

'다스끼'를 걸고 수건으로 머리를 동인 '하마에'는 잠간 머뭇하다가

다시 문을 살짝 닫고 돌아섰고, 나는 혼자 떨어진 외로움을 잠간 느끼어 더욱 일어날 생각이 없어져서 다시 한번 잠들어 보려고 이불을 얼굴 위까지 끌어 올렸다.

그렇게 눈을 잠간 붙였을까 말까할 때에 다시 '하마에'가 밥상을 들고 들어와서 나를 깨웠다. 그대로 한술만이라도 뜨고 다시 자라는 것이다.

나는 마지못해 자리 위에 일어나 앉으며,

"노서아 귀족인가, 자리 속에서 밥 먹게, 허허."

머리가 아찍하는 것을 너털웃음을 쳐서 참고, 그리고, '다스끼'도 수건도 벗어 치우고 급하게 매만진 듯한 '하마에'의 얼굴 위의 히끗히끗한 분자죽을 나는 똑바로 바라보지 못했다.

순간 나는 텅 비인 부상관 안에 남아있는 사람이라곤 '하마에'와 나와— 그렇게 단 둘 밖에 없다는 사실을 새삼스럽게 깨닫고,

"아래…… 아무도 없지?"

그것을 숨기려 이런 말을 물어 보는 것이나 '하마에'라고 그것을 모를 리는 없어, 역시 약간 떨리는 말소리로

"네."

짧게 그렇게 한마디 대답하고 얼른 자리를 옮기어 밥을 푸기 시작하는 것이다.

"그럼 한 공기만 먹어 볼까."

태연함을 꾸미려하나 내 말소리도 역시 떨리는 것을 나는 어찌할 도리가 없었다.

입때까지도 '하마에'를 귀애하지 않은 것은 아니었다. 아니 일종의 애정을 느낀 일조차 없지도 않다. 그러나 지금 이 순간같이 그것이 일종의 연정(戀情)에까지 승화(昇華)한 감정을 가져본 일은 없다.

단 둘이서만 한 집에 있다는―그것도 그러한 분위기를 자아낸 원인의 하나는 될 수 있으나 그러나 그것만은 아니었다. 그렇다. 전에 없던 외로움을 느끼는 순간, 지금까지는 대수롭지 않게 대해 온 '하마에'의 내게 대한 태도가 전에 없이 깊이 내 생리(生理)에까지 배여 들어오고 스며들어온 때문일 것이다. 나는 비로소 '하마에'를 한 사람의 이성(異性)으로 생각하기 시작했던 것이다.

나는 당황하지 않을 수 없었다. 그리고 빠른 속도로 지금까지의 '하마에'의 행동 한 가지 한 가지를 모조리 머릿속에 생각해 내이고, 그것은 틀림없는 애정의 표현이라고 그렇게 단정을 내리면서 또 한 번 당황하지 않을 수 없었다.

그것은 어쩌면 '하마에' 자신도 의식하지 못하고 취해 온 행동인지도 모른다. 또 사실 족히 그래야만 했다. 그렇지 않고, 진실로 '하마에'가 내게 애정을 느꼈다고 자각했다면 '하마에'는 도리어 나를 멀리 했고 내 앞에 가까이 오지 못했으리라. 그러나 그 의식치 못하는 감정은 어느새에 퍽도 크게 자란성싶었다. 나나 '하마에'나.

우리들은 얼마동안 말이 없었다.

말없이 나는 공기를 내밀었고 '하마에'는 밥을 펐다.

그러나 그런 침묵이, 처음 당하는 내게는 몹시 거북할 뿐 아니라 가슴이 울렁거리도록 두렵기까지 하여 그것을 면하려고 나는 한숨에 남

은 밥을 입 속에 털어 넣고 나서,

"대체 어디들 갔누."

혼잣말 비슷이 딴쪽을 보며 무척 노력하여 입 안에서 웅얼거렸다.

4

이튿날도 '아사오'는 일찍이 아침에 외출을 하고 늦은 밥상을 대한 것은 나와 '무라이'와의 둘 뿐이었다.

"어저껜 어디들 갔었오?"

"응, 저어…… 정거장에……"

그렇게 대답하는 '무라이'의 말소리는 무척 탁했고, 또 그 여운에 그런 것 묻는 것이 귀찮다는 듯이도 탐탁치않다는 듯이도 울려나오는 무엇이 있어,

"정거장엔 왜?…… 응, 정거장에……"

나도 말끝을 얼버무려 버리고, 힐끗 그의 표정을 살피니 전에 못 보던 침울한 얼굴이요 맥이 풀린 태도다.

나는 즉각적으로 무엇인지 느끼는 바 있어 더 말을 건네려 하지 않았고, 그리하여 우리 둘은 서로 고개를 수그린 채 거의 의무적으로 젓가락을 놀리며 국을 마셨다.

먼저 밥을 먹고 나서 화로가에서 신문을 보고 있던 '무라이'는 내가 수저 놓기를 기다렸다는 듯이 일어서서 나오려는 내 등 뒤에 따라 나서며,

"김 상, 내 방으로 갑시다."

하면서 은근한 태도로 나를 잡아끄는 것이다. 셋 중 누구의 방으로든지 아침마다 몰려가는 것이 일과이기는 하였으나 일찍이 이렇듯 간곡하게 초대를 받은 일은 없어, 나는 얼른 그러한 '무라이'의 태도를 이해할 수 없었으나 그러나 그렇다고 물론 그것을 거부할 것은 아니므로 나는,

"……."

말없이 가만히 끄덕이고 앞서서 그의 방으로 바로 뚫린 층계를 건천히 걸어 올라갔다.

방에 들어온 '무라이'는 화로를 끼고 앉아 불만 쑤시며 한참동안 말이 없더니 이윽고,

"'레코드'나 들을까?"

입가에 쓸쓸한 웃음을 띠우면서 나를 쳐다보았다.

"그럽시다."

나도 부지중 가만히 웃어 그러한 이유 모를 동무의 우울에 대답하고,

"뭐가 좋을까?"

그러면서 한편 구석에 있는 '레코드·케이스'를 집어 들었다.

"'째즈'나 들읍시다. 날도 이렇고 하니―"

"글쎄, 날이 웬일야, 눈이 오려나."

어제도, 오늘도 장마 때가 그대로 겨울로 옮겨 앉은 듯한 그러한 시무룩한 날씨가 계속된다. 바람은 좀 잦으나 사람의 맘을 초조하게 하는 음산함과 침울함은 어제보다도 더한 듯하다. 창 밖으로 멀리 내다

보이는 황폐한 벌판, 좁다란 길거리를 싸고 군데군데 서있는 문화주택들의 소조한 풍경, 그런 것들이 시커먼 하늘 밑에 웅크리고 있는 것도 구슬펐고, 사이를 놓고 들려오는 무장야철도의 전차 소리도 어둠 속을 빠져나오는 듯하여 구슬프다.

그런 사이에 에워싸인 이 부상관 구석방에서 '투디·밸리'의, '데니스·킹'의 명랑한 목소리가 울려 나온다는 것은 아무리 생각해도 어울리지 않는 노릇이었다. 그러나 부자연함이 지금의 우리들의 감정에는 곧잘 조화된다.

그렇게 우리들은 화로 하나를 사이에 놓고 무척 오랜 동안 달빛같이 새파란 우울의 바다 속에 잠겨 있었다.

"김 상."

한참만에 '무라이'는 '슈발리에'의 노래를 중간에서 꺼버리고, 내 앞으로 다가오더니,

"김 상, 당신은 어떤 때 제일 고적합디까?"

"글쎄……."

나는 무슨 영문인지를 몰라 잠간 망설인 후에,

"별안간에 그건 왜?"

"아마 당신에겐 부모님이 다 계시니까 별로 그런 일 없을껄."

"왜? 당신도 다 계시댔지?"

"……."

'무라이'는 얼른 대답을 않고 잠간동안 무엇을 생각하는 듯하더니, 별안간에 다른 것이나 생각난 듯이 화제를 바꾸어,

"어저께 '아사오 상' 춘부장 오신 거 아우."

"몰라, 그래서들 정거장에 나갔었구려."

"응, 그래 오늘은 시내 구경시켜 드린다고 모시고 나갔지."

"들어오니까 당신은 잡디다…… 전에도 뵙기는 했지만, 이번에 뵈니까 참 좋은 어른이야."

"왜?"

"완고하시긴 하지만 한번 맘이 풀리면 그땐 또 부처님 같으시거든. 우리집 부모님네들하고 비교해 보니까 딱한 생각만 납디다."

"뭣 하러 오셨누?"

"'아사오 상' 혼인 말 때문이야."

"혼인?"

"응."

'무라이'는 고개를 끄덕이고 잠간 말을 끊은 후 화로 속에 술을 넣고나서,

"'아사오 상'한테 애인이 있는 거 당신 아우……."

"모르지. 언제 그런 거 당신네들이 나한테 들려줬우?"

"그랬나. 그럼 내 이야기 할까?"

천천히 담배를 한대 물고 나서 '무라이'는, 이야기를 시작하자 좀 얼었던 마음이 녹았는지 평소의 어조로 돌아가 아래와 같은 이야기를 조리있게 들려주었다.

'아사오'에게는 대학에 다닐 때부터 '다에꼬'라는 연인이 있었다. 그러나 고향에서는 어렸을 때 부모가 정해준 약혼한 사람이 '아사오'의

학교 마치는 날만을 손꼽아 기다리고 있었던 것이다. 여기서부터 흔히 대중소설에 나오는 것과 똑같은 경로와 쟁투를 거쳐, 드디어 '아사오'는 집안 사람들과 반목하게 되었다. 그러나 '아사오'는 굳은 결심으로 완고한 아버지가 반성할 날을 믿고, '다에꼬'에게도 그날이 오기를 기다리라고, 그래서 정정당당하게 정식으로 결합하자고 그렇게 타이르고, 맑게 굳게 몸을 가지며 이리하여 이미 다섯 해, '아사오'는 '아사오'대로, '다에꼬'는 '다에꼬'대로, '무라이'의 말에 의하면 '사랑을 위하여' 그들은 아무것에게도 지지 않고 이때까지 싸워왔다는 것이다.

드디어 '아사오'의 아버지가 꺾일 날이 왔다. 얼마 전에 일간 한번 상경해서 잘 의논하겠다는 편지를 하고서는 별안간 오년동안이나 집에 돌아오지 않는 아들을 찾아 상경했던 것이다. 그리하여 그들은 어저께 '다에오'까지 한자리에 모여 흉금을 털어 놓고 각자의 신념을 이야기했다. '아사오'의 아버지는 비로소 그들의 '꿋꿋하고도 바르고 충실한 사랑'('무라이'의 말)에 압도되었고, 또 '다에꼬'의 단정한 태도라든가 영리함에 크게 감동되어 당장 그 자리에서 그들의 결혼을 허락하고 말았던 것이다.

사실은 이번에 올라와서는 어떻게 해서든지 너를 데리고 내려가서 강제로라도 결혼을 시키려던 것인데, 와 놓고 보니 일이 거꾸로 되고 말았다고, 내 태도가 이렇게 표변한 줄 알면 집에선 큰 소동이 일어날 것이나 그것은 내가 무슨 짓을 해서든지 무마하마고, 이런 색시라면 나라도 반하겠다고― '아사오'의 아버지는 나중에는 그런 농담까지 하며 여간 기쁜 낯이 아니었다한다.

‘아사오’는 아버지 앞에 눈물을 흘리며 고개를 수그릴 뿐이었다. 약혼한 상대자도 지금까지 자기를 기다려 주었고 또 그 집안은 아버지의 장사의 큰 고객(顧客)인 만큼 이제 와서 파혼을 한다는 것이 얼마나 아버지에게 정신상 물질상으로 타격을 줄 지를 잘 아는 ‘아사오’는 감히 입 밖에 내어 무엇이라 치하할 수조차 없었다더라고— 그런 이야기를 차근차근히 마치고 나서 ‘무라이’는,

“참 착한 어른입니다. 소설에 나오는 노인 같아……”

“응, 그렇다, 그럼 ‘아사오상’한테 한턱먹어야겠군 그래.”

“암, 먹어야지, 내일쯤은 그 어른 내려가신다니까……. 그런데 그런 부몰뵈니까 내 부모 생각이 나서 오늘은 당최 우울해 죽겠구려.”

“……”

“두 분 중 어느 분 한 분만이라도……”

“왜? 당신에게도 애인 있소?”

또 어둔 얼굴로 돌아가려는 ‘무라이’ 보기가 민망하여 나는 이렇게 웃음에 소리를 던져 보았으나 ‘무라이’는 그것을 받아주지 않고,

“그렇진 않지만……”

그렇게 한마디 내뱉듯 하고나서 다시 침울한 태도로 ‘레코드’ 장을 고르기 시작하였다.

5

한 일주일가량 고향에 다녀오겠다고 ‘아사오’는 그 다음다음 날이던

가 아버지와 함께 시골로 내려갔고, 전송하고 돌아오다가 나와 '무라이'는 무척 고적함을 느끼어 늘 가는 '오뎅' 집에서 밤늦도록 또 술을 먹었다.

'트리오'의 일각(一角)이 무너졌으니 어떻게 하느냐고, 자아 인제부터는 우리 손목 맞잡고 공부나 하자고, 나도 내일부터 또 소설쓰기 시작하겠다고—'무라이'는 전에 없이 취하여 집에 와서까지도 그런 기엽을 토하며 나중엔 무엇 때문인지 눈물조차 흘리며 흐늑흐늑 느끼면서 잠이 들고 말았다.

이튿날부터 '무라이'는 밥술만 뜨고 나면 자기 방에 들어박혀 무엇인지 열심으로 쓰고 있는 모양이었다.

정말 소설을 쓰기 시작했나 보다고 나도 차차 시험 준비를 시작해야겠다고 결국 그것을 기회로 나도 다른 모든 것을 잊고 앞날의 계획을 세우기에 바빴다.

때때로 집안 일이 마음에 거리끼지 않는 것도 아니었다. 그러나 이미 몇 해 동안은 내 자신만을 키우기로 결심한 후이라 이를 악물고 아무것도 생각하지 않으리라 맹서한다.

그리하여 지극히 평온한 날이 계속되었다. 낮이고 밤이고 부상관은 사람이 있는지 없는지 모르도록 조용하였다.

일주일이면 온다던 '아사오'는 달포가 되도록 상경하지 않고, 여러 가지 해결할 문제가 있어 뜻대로 못하고 부득이 시골서 과세하게 될 것 같다는 간단한 엽서가 왔을 뿐이었으며 '무라이'는 전과 달라 매일같이 얼굴은 대했으나 간단하게 인사말을 주고받을 뿐, 제각기의 세계로 즉시 파 들어가 좀체로 한자리에 모여 볼 기회를 얻기 어려웠다. 그리고 어느 사이에 나나 '무라이'나 서로 그것을 조금도 이상하게 생각지 않게 되었던 것이다.

어느듯 섯달도 거진 다 지나고 머지않아서 새해라 하여 이 한산하던 교외의 한구석에도 부산한 공기가 떠돌기 시작했다. 여러 날 계속해서 봄날 같이 따뜻한 바람까지 불었다.

그러한 어느 날 '무라이'가 불쑥 내 방으로 들어오더니, 앉지도 않고 선 채

"나도 시골 가서 과세하겠소."

밑도 끝도 없이 이런 소리를 하는 것이다.

"시골 아니 이거 모두 별안간에 웬일들이야. 죽어도 안 간대드니 개과천선 했구려?"

"글쎄, 그랬나 봐……"

그렇게 대답하고 '무라이'는 잠간 쓸쓸하게 웃더니,

"내가 저야 할까봐……. 당신은 어디 안 가겠소?"

"내야 어디 갈 데 있나?"

"그럼 부상관이나 잘 지키구려. '하마짱'하고 둘이서, 하하."

"이건 또 무슨 소리……."

"내 그럼 갔다 오리다……."

"아아니 이건 모두들 나만 내버려두고 고향에들 가기람!"

"글세— 교향엘 가게 될지 어딜 가게 될지 누가 아우. 중간에서 맘 변하면 온천이나 한바퀴 휘돌아오지."

“그래 언제 떠날 작정이요?”

“밤차로……”

“그럼 같이 나갈까?”

일어서려는 나를 ‘무라이’는 한사코 말리며,

“아냐, 아냐, 그만 둬, 가면 아주 간답니까, 뭐, 가방도 안 가지고 떠나는데 — 금방 갔다 올걸, 뭘.”

‘무라이’는 무엇 때문인지 방속으로 나를 떠다 밀듯하며,

“그럼 갔다 오리다.”

그런 말을 한마디 남긴 후 문을 닫고 사라졌다. 나는 한참동안 어안이 벙하여 책상머리에 꼬부리고 앉은 채 어쩔 줄을 몰랐다.

그러고 있는 사이에 문득 내 머릿속에는 ‘무라이’나 ‘아사오’가 모두 다시는 이 하숙에 돌아오지 않을 것만 같은 — 아니 반드시 안 돌아오리라는 그런 생각이 떠올라 나는 별안간에 내 주위가 허전해진 상싶은 공허감을 느끼고 말았다.

그렇게 단정할 아무 근거도 없었으나 까닭없이 꼭 그렇게만 믿어지는 것이 일종의 불길한 예감을 주기조차 하는 것이다. 그리고 내 앞길에도 무슨 암시를 주는 듯하여 두려웠다.

거의 매일 같이 무척은 가까이 지내왔으나 바른대로 말하자면 나는 아직도 그들을 잘 모른다.

‘아사오’나 ‘무라이’나 하루 종일 농담으로 사는 사람이었으나 그것은 역시 농담에 그쳤을 뿐, 그들의 진심까지를 토하지는 못했다. 그들이 항상 무슨 검은 그림자를 짊어지고 있는 것만은 어렴풋이 상상할

수 있었고, 또 그것이 나와 비슷한 일종의 가정의 불화라는 것도 짐작쯤은 갔으나 거기서 한걸음만 더 나가도 나는 의연코 그들의 정체를 잡지 못했다. 그들도 달갑게 그것을 내게 알리려 하지 않았다.

‘무라이’의 이야기로 ‘아사오’의 사정만은 뚜렷이 구명된 것 같기도 하나 나는 즉각적으로 그것이 전부가 아니라는 것을 알아내일 수 있었다. 사실이 그것만이라면 도저히 ‘아사오’와 같은 침울한 성격의 남자를 만들어 내일 수는 없는 노릇이다.

‘무라이’만 하더라도 그랬다. 언제이던가 술이 취한 나머지,

“난 죽어도 집에 안간다, 안가.”

그런 소리를 하며 눈물을 흘린 일이 있으나 역시 그 이상은 말하지 않고 입을 다물었다.

더구나 ‘무라이’는 작가에 뜻을 둔 만큼 신경도 섬세하여 ‘아사오’보다도 한층 더 자기의 내면을 남에게 들추어 보이려 하지 않았다. 그것으로 미루어 생각하면 그의 가정의 내막이란—‘아사오’도 비슷하겠지만—무척 추악한 것이 아니면 입에 담지 못하도록 참혹할 것인 것임에 틀림없을 것이다. 내가 그것을 애써 알려하지 않은 것도 그런 점이 상상되었기 때문이다.

그렇다면 비슷비슷한 처지에 놓인 우리들 세 사람이 급속하게 친해진 데는 그런 점—서로 암암리에 느껴온 그러한 일맥상통한 점에 그 원인이 있었는지도 모른다.

그것은 하여간에 그들이 이대로 정말 다시 이 하숙에 안 돌아온다는 것은 몹시 섭섭한 일이다. 그런 일이 있기 전에 어떻게 해서든지

그들 중의 한 사람만이라도 하시 내 곁으로 잡아와야 하겠다.

나는 그런 것을 한참 생각하다가 '아사오'에게 편지를 쓰리라고 책상 서랍을 열려는데, 등 뒤에서 빠른 속도로 그러나 정성스럽게 문이 열렸다 닫히는 소리가 들렸다. 밤참 갔다 놓는 '하마에'일 게다.

"하마 짱!"

나는 과장해서 말하자면 구세주나 만난 듯이 기쁘고 반가워 당황해서 그를 부르고, 그 목소리가 높은데 스스로 놀라며, 다음엔 벌떡 일어나서 내손으로 문을 열고 수줍어하는 '하마에'에게 들어오라고 가만히 손짓하였다.

'하마에'는 복도 어둔 구석에 몸을 숨기고 망설이는 듯, 꼼작도 않는다. 어둠 속이라 몰랐지만 분명히 얼굴이 홍당무 같이 붉어졌을 것이다.

"하마 짱."

나도 그러한 '하마에'의 태도를 대한 순간 잠간 멈칫했으나 내게 조금도 사심(邪心)이 없다는 것으로 스스로 변명하며 용기를 내어 이번엔 좀 낮은 목소리로 또 한번 부르고,

"'무라이 상' 언제쯤 온댔지?"

겨우 조심성스럽게 방안에 들어선 '하마에'에게 그런 동에도 닿지 않는 말을 물으며 나는 무엇 때문에 '하마에'를 불렀는지 스스로도 깨닫지 못하며, 다음엔 아무리 사심은 없다 하지만 밤늦게 나이 어린 하숙 '죠쭈'를 끌어 들였다는 부끄러움만을 깊이 느끼고 만다.

6

초하룻날만은 아무리 낮이라도 늦잠 잘 수 없어, 내딴엔 무척 일찍 얼어난 모양이었으나, 그래도 세수를 마치고 식당에 들어가니 벌써부터 상을 준비해 놓고 모두들 나를 기다리고 있는 판이었다.

거의 전부가 고향에 갔거나 여행을 떠났고, 하숙인으로 부상관에서 새해를 맞이하는 사람은 나와 아랫층에 있는 '타이피스트'와의 두 사람뿐이다. 사실 이 허물어져 가는 부상관에서 신춘을 맞이한다는 것은 적지 아니 우울한 노릇이었다. 그러나 지금의 나와서는 그것에 만족하는 밖에 별 도리가 없다.

주인 할머니와 그의 아들 제대생과, 예쁘지 않은 '타이피스트'와 그리고 '하마에'와 나, 이렇게 다섯 사람이 조촐하게 설상을 대했다.

몇 잔씩의 '도소(屠蘇)'에 모두들 얼굴을 붉히어, 상이 나간 후에도 오랫동안 다섯 사람은 그 방에 눌러 앉은 채 잡담으로 시간을 보냈다. 그러나 모두들 말이 없는 사람들이라 별로 신기하고 재미있는 화제도 없었으나 다만 그 나이찬 '타이피스트'만이 혼자서 킬킬거리며 하숙인들 한 사람 한 사람의 숭을 잡는 것이 흥겨웠을 뿐이다.

그것에도 지쳐 잠시 방안이 잠잠하였을 때 나는 주인 아들 쪽으로 다가 앉으며,

"'아사오 상'이나 '무라이 상'한테서 무슨 소식 없어요?"

늘 이유없이 걱정되는 그것을 물었다. 그 대답으로 올해의 내 운명을 점치려는 마음인지도 모른다.

"정초에 온댔는데요. '김 상'한테 편지 안 왔어요?"

"안 왔어요. 가서 즉시 엽서 한 장 왔을 뿐이에요."

"아마 금명간에 두 분이 같이 올 겁니다."

"같이 와요. 어떻게— 같이 만났나요?"

"뭘, 군(郡)은 다르지만 한 고향인걸요. 모르셨어요?"

"몰랐어요 그래요— 그럼 며칠 안 있어서 부상관이 또 떠들썩하겠군."

"그럼요, 그분들이 안 계시니까 아주 적적해서⋯⋯. 하하."

얼마 후에 나는 네 사람을 방에 남겨놓고 혼자서 이층으로 올라갔다. 옷이나 갈아입고 '아사꾸사'에나 가 볼까하는 생각에서였다. 두 동무가 돌아올 때까지 나는 끽소리 말고 부상관을 지켜야 한다.

낡고 헐었으나 그믐날 하루 종일 '하마에'가 애써 닦고 쓸고 문지르고 한 탓으로 그래도 제법 유리창이 새봄답게 밝고 복도에도 윤이 돈다. 창밖, 따뜻한 햇볕에 쌓인 거리에는 사람의 왕래가 제법 잦고, 눈 녹은 벌판에선 아지랑이라도 뭉게뭉게 피어오를 듯하다. 그러한 희망을 가지게 하는 좋은 날씨였다.

복도 창 너머로 그런 것을 넘겨다보며, 동경에 온 후 처음으로 안온하게 가라앉은 마음속에서, 이런 마음 언제까지든지 지니고 이대로 곧장 살아나가리라, 아무 술책도 필요치 않고 아무 흉계도 쓸 것 없으니 그저 정직하게만 살아나가리라, 그러면 결국 모든 번잡스런 문제가 스스로 해결되리라고— 혼자서 고개를 끄덕이며 그런 것을 생각하고 나는 천천히 방문을 열었다.

맨 먼저 책상 위에 놓인 흰 종이장이 눈에 띠었다. 그리고 다음엔 왼편 벽에 걸린 내 낡은 '아와세(袷)'와 '하오이(羽織)'가 눈에 띠었다. 그뿐 아니라 방안은 반듯이 정돈되었고, 책상머리 화병에는 꽃까지 꽂혀 있는 것이다.

나는 잠간 멈칫하고 형용못할 감격에 가늘게 몸을 떨며 부지중 눈시울이 뜨끔하는 것을 금할 길 없다.

나는 거의 책상 앞에 펄석 주저앉듯하며 그 흰 종이장을 집어 들었다.

새해엔 학교에 꼭 입학하시고 복 많이 받으십시오.

그리고 오래 부상관에 계셔 주십시오.

그런 간단한 사연이었다. 그러나 천자 만자보다도 더 무게 있고 애정에 넘치는 순진한 글이었다.

나는 또 한 번 눈시울이 뜨끔하는 것을 느끼며 이번엔 얼굴을 들어 벽에 걸린 내 옷을 쳐다보았다.

입고 뒹굴어 때 묻고 찢어지고 주름 잡혔던 옷이다. 그것이 어느 사이에 저렇게 말짱하게 새옷으로 변하여 단정하게 벽에 걸려 있는 것일까. 터진 데는 꿰여 매었고, 주름진 덴 펴졌고, 동정 때도 말짱하게 뽑아 놓았다. 어쩌면 향수까지 뿜어 두었는지도 알 수 없는 일이다.

나는 벌떡 뛰쳐 일어나 입었던 '도떼라'를 벗어 던지고 벽에 걸린 옷을 재빨리 갈아입었다. 에서,

"하마 짱"

그리고 입안서 무한한 애정을 섞어 가만히 불러 본 후, 인제부터는 쓸쓸해하지도 말리라고 결심하며,

"하마 짱."

또 한 번 부르고 그 무명옷의 감촉을 비단결 같이 부드럽게 곱게 생각하는 것이다.

(1941년 3월호)

애견가의 수기

··· 이석훈

　나는 개를 몹시 좋아한다. 그렇다고 아무런 개라도 기를 생각은 없다. '세파―트'나 '포인터―'나 혹은 그 밖에 좋은 개를 구할 수만 있다면, 무척 사랑해서 기를 성 싶었다. 내 분수에, 많은 돈을 주고 살 수는 없는 터라 혹 친지에게서 공짜로든 구할 수 있다면 요행이거니 생각하였다. 그러나 좀처럼 그런 요행은 찾아오지 않았다. 연전에 평양에 있을 때다. 평양서 뒤로 한 시간가량 기차로 가는 시골에, 내 당숙 한분이 사셨다. 개를 좋아하는 것은 우리 조상의 유전인지 몰라도, 그이도 무척 개나 닭을 좋아해서, 본래 생활이 유족한 터라, 넓은 뜰 하나로 서양개, 조선 할 것 없이 한마당 개천지로 치고, 그밖에 칠면조라, 군계라, 레그홍이라 또 한마당 닭천지로 닭을 치고 있었다. 나는 어떤 여름, 당숙 댁을 찾았다가 아주 놀란 것이었다. 처음에, 대문밖에 이르러, 아무리 당숙 댁이라도 그저 홀 들어가기도 버릇없는 것 같아서, 내 육촌동생의 이름을 불렀더니, 순간 바로 대문 안에서 금방 무엇에 분격이나 한 듯이 성급하게 '세파-트'가 캥캥 짖어대며 날뛰는 바람에, 이마와 코 끝에 식은땀이 바짝 날 지경으로 놀랐다. 안에서 당숙이 내 목소리를 듣고 알았음인지, 개의 이름을 불러 제어하고 나를 들어오라 외쳤다. 그제서도 무시무시하여 조심조심 들어갔다. '세파-트'는 철망 속에서, 아직도 나를 노려보며 짖었다. 무서우면서도 저런 놈을 한번 가져봤으면 싶었다.

뜰 안에 들어서자 여기저기 사지를 펴고 권태로이 누워있는 많은 개를 나는 발견하였다. 이 구석 저 구석에 누어 놈씩 모여서서, 눈은 동그랗게 뜨고 의아한 듯이 두리번거리는 많은 닭들도 나는 보았다. 여전하구나 속으로 감탄하였다. 나는 그 당장에 집에 돌아갈 때, 개 한 마리와 닭 한 마리를 달라고 하여 가리라, 혼자 궁리로 예정을 하고 좋아했다. 물론 내가 달라고 말만하면, 숙질간에 그만한 선물은 쾌히 하여줄 것으로만 딱 믿었던 것이다.

이삼일 두류하고 평양으로 돌아오게 되었다. 나는 다소 주저주저하다가 용기를 내어 당숙에게 말을 붙여보았다. 그러나 당숙은 예상했던 것과는 반대로 빙그레 웃으며, 가장 완곡한 방법으로 거절하는 데는 적이 섭섭함을 느끼지 않을 수 없었다.

─몇 마리 더 기르려고 구하는 중인데…… 그렇게 욱실욱실 많은 개인데 아직도 부족하다는 것이다.

그 후 함흥으로 가게 되어 평양을 떠났지만, 어디를 가나 개에 대한 관심은 변치 않았다. 마침 함흥 가자마자 문학을 하는 관계로 곧 친해진 박 씨네 집에 '테리아'종 양견암컷 한 마리가 있어서, 새끼를 가지기도 전부터 미리 '주문'을 해두었다. 그러나 그 개가 정작 새끼를 품어 낳기도 전에 서울로 오고 말았다. 기회는 좀처럼 닿지 않았다.

작년 이름 봄이었다. 우연히 최부인과 교제를 가지게 되어, 한번 놀러오라고 하기로 어떤 날 오후 가회정에 있는 최부인의 집을 찾았다. 최부인은 아직 서른 너덧밖에 안되었지만, 수년 내 혼자 사는 여인이었다. 바깥 대문 앞에 이르러본즉, 기둥에다 '맹견을 조심하시오' 라고 쓴 한 종이 딱지를 붙여놓았다. 나는 순간 몇 해 전, 시골 당숙 댁에 갔던 때의 일을 생각하고, 이윽고 세파―트의 노호(怒號)에 식은땀을 흘려야 할 것을 생각하니, 아무리 애견가인 나일지라도 금방 뒤돌아서고 싶어지는 것을, 비겁한 것 같아서 용기를 내어 중문까지 다다라 이리오너라 불렀다.

아니가라나, 그 소리에, 안으로부터 '세파―트'가 악소릴 지르며 발자국 소리도 없이, 방긋이 열린 대문 사이로 뾰족한 주둥이를 내밀어 달려드려는 바람에, 순간 나는 아찔하였으나, 그러나 한편, 개에게 져서는 안된다하고, 구둣발로 날쌔게 그 놈의 주둥이를 들입다 박았더니, 캥하며 주둥이를 빼는 찰나에 대문을 꽉 닫아버리고, 한 번 더 그 개 주인을 불렀다.

이윽고 한 이십 살 먹은 색시가 나와서 나를 안으로 인도하였다. 마루 위 '쏘파'에 앉았던 최부인은 일어서서 나를 맞으며 "안 선생, 이담에는 우리 로―자 양한테 발길질 마세요" 하고 그가 항용 잘하는 버릇대로 까르륵 웃는다.

"로―자 양이라니 세파―트 이름입니까? 그 색시 버릇 좀 고치도록 하시우. 까딱하면 물릴 뻔 했수다.”

“혼만내지 함부로 물지 않아요. 그러나 발길질 하시면 마구 덤벼드니깐요. 요다음부턴 얼른 응, 로―자야 이러면서 머리를 쓰다듬어 주세요. 색시치구 쓰다듬어주는데 싫어하는 색시 있겠어요? 동서를 물론하고……”

또 최부인은 까르륵 웃는다.

“네, 알았수다…… 근데 나 로―자양의 자식 하나 얻읍시다. 언제 생산이 있는지……”

“안 선생 개를 진실로 사랑하세요?”

“암, 진실로……”

“그러나 우리 로―자의 새끼는 아무리 친한 친구라도 공짜로는 절대로 안줍니다. 그건 뭐 돈이 그리워서가 아니라 공짜로 주면 대개는 천대를 하거든요.”

“하하아, 알았습니다. 이제야 알겠군……”

“뭐에요?”

그래서 나는 내 당숙이 나에게 개 주기를 거절한 이야기를 들려주고, 오늘에야 비로소 내 당숙이 인색해서가 아니라 당신이 사랑하듯 내가 과연 개를 가져다 사랑해 기를까를 저어한 때문인 것을 알았다고 이야기하였다.

“그렇죠. 진실로 그이도 애견가인 까닭에 함부로 개를 안준 것입니다. 사람이란 거저 얻은 것은 어떤 것이든 항용 소홀히 여기는 거니까요. 그렇다고 조카더러 개값을 내라겠어요?”

또 까르륵 하였다. 최부인은 기분이 좋으면 소녀처럼 명랑하다. 하여튼 나는 돈을 내겠으니 한 마리 달라고 해두었다.

그 후 여러 번 가는 동안에 '로－자'는 낯이 익어졌음인지, 함부로 관자놀이가 뜨끔하게 만행을 하지 않았다. 맹견주의라고 써 붙인 딱지를, 나는 늘 가슴 선뜩하게 보면서, 역시 혼자 사는 젊은 여인의 집에는 그것이 효과적인 호신책인 것을, 체험으로써 안 것이었다.

이것은 여담이지만, 하여튼 그 후 최부인을 만난 적마다, 로－자의 새끼를 졸랐다.

"딸을 드리리까? 아들을 드리리까?" 하기에까지 이르렀다. 이만하면 거저라도 주고 싶어진 모양이었다. 아마 내 열정에 다소 감동된 바 있어서, 거저 주더라도 천대는 안 할 사람으로 인정했는지도 모른다.

봄이 점점 익어갈 무렵이었다. 어떤 날 최부인 댁을 찾았더니, 최부인은 나를 보자마자, '로－자'의 교미기가 온 것을 말하며, 틈이 있으면 나더러 그것을 좀 시켜 달라 한다. 비록 개를 좋아는 하지만, 그러한 일은 경험도 없고 해서, 전연 서툴다고 거절했다. 최부인은 내버려 두면 껄렁한 조선 개와 붙어서, 씨를 버리게 된다고 걱정하더니, 저와 같이 용산 어디를 인제 가자는 것이었다. 나는 공짜로 '로－자'의 좋은 새끼 한 놈을 얻으려면, 그런 일이라도 도와줌이 현명하겠으므로, 최부인과 같이 '로－자'를 내가 이끌고 가기로 되었다.

가회정서 안국정까지, 고삐를 내가 붙들고 갔다. 오고가는 사람들이, 한참씩 우리 일행을 이상한 눈초리로 보는 데는 딱 질색이었다. 천박한 사람은 우리를 행복스런 애인끼리의 한가로운 오후의 산보로 알는지 모를 것이나, 내 자신을 생각할 때 내 자신이 그렇게 상상하는 사람 이상으로, 천박하게 생각되어 등덜미에 식은땀이 흐를 지경이었다. 안국정서부터는 '택시―'를 타고, 용산 어떤 내지인 집까지 달리어, 그 집의 당나귀만치나 큰 수컷 세파―트와 교미를 시키기에 성공하였다.

늦은 가을, 이미 계절이 겨울로 걸음을 들여놓았을 무렵, '로―자'는 귀여운 여섯 마리의 새끼를 낳았다. 내가 오래간만에 최부인 댁을 찾았을 때는, 새끼는 이미 낳은 지 한 달가량이나 되어, 발랑발랑 마당을 기어 다니고 있었다. 그 때 한 놈 집어오려고, 개집을 넘석하고 들여다보니까, '로―자'가 금방 두 눈이 날카로워지며, 몸을 일으키고, 부르르 찡얼거린다. 최부인이 보고 주의를 시키며 얼마 더 있어야한다고 하였다.

나는 며칠에 한 번씩 최부인 집을 찾아, 뜰 안에 들어서기가 바쁘게 우선 개집부터 넘석하였다. 그 중 귀여운 놈을 물색해둘 심산이었다.

강아지들이 추워서 빽빽거리며 어미의 품속으로만 기어드는 어떤 추운 날 저녁, 마침내 나는 최부인이 손수 골라주는, 수컷 새끼 한 놈을 외투 품속에 꼭 안아가지고 청량리서 기차를 탔다. '개찰구'는 무사히 통과했으나, 요놈이 가깝한 때문인지, 혹은 어미 품 맛과 다른 까닭인지, 자꾸 바스대고 캥캥 울면서 머리를 밖으로 내민다. 나는 차장에게 들키면 안 되리라 하여, 머리를 내미는 대로 품속으로 들여 미는 것이었으나, 강아지는 그럴수록 더 보챈다. 뿐만 아니라 크게 소리를 내어 울기까지 한다. 추워서 그러나 하고, 외투로 꽁꽁 싸주고, 두 팔로 꼭 껴안아주어도, 여전히 불만인 듯이 캥캥 울어댄다. 그래서 사람들이 나를 자꾸 주목하고, 드디어 차장이 지나가다가 개 우는 소리를

듣자,

"안됩니다. 어디까지 가세요?"

"창동까지요."

나는 멋쩍게 웃으며 미안하다는 뜻을 표했다.

"이왕 가지고 타셨으니 할 수 없지만 창동 내려서 운임을 무셔야 합니다.

"네에, 물고말구요."

꾸지람 듣지 않은 것만 다행으로 가벼운 한숨을 쉬었으나, 그러나 여전히 강아지는 성가시게 보채는 것이었다.

집에 와서 따뜻한 방안에 내려놓고, 개물을 뜨스하게 만들어 먹였다. 아이들이 귀엽다고 저마다 빼앗아 안아본다.

강아지는 낮 설은 듯이, 두리번두리번 하다가 코를 끙끙거리며, 찡얼거리곤 하는 것이 못마땅한 모양이다.

"어때? 귀엽지 않아? 이게 세파―트라오."

나는 '세파―트'를 얻어온 것이, 무슨 큰 공로나 된 듯이 자랑삼아 말했다.

"건 어디서 얻어 왔오?"

"이십 원 주고 샀지. 거저야 주가 주나."

아내는 금방 낯빛이 달라지며,

"여보 미쳤소. 아무리 세파―트 아니라 네파―튼들 강아지 한 마리에 이십 원이 다 뭐요."

"시세로 말하면 오십 원짜린데, 그것도 친구라서 싸게 준 건데 뭘 알지도 못하구……”

나는 한 번 더 시침을 뗐다. 아내는 워낙 직판이라, 우리 분수에 그런 짓이 당하냐는 듯이 떠든다. 나는 될 수만 있으면 그렇게 믿게 할 심산이었으나 그만 하하 웃고, 어떤 친구의 집에서 한 놈 얻어온 거라 하여, 그를 안심시켰다. 그제서는 다시

“앞으로 뭘 먹이고 귀찮은 시중은 누가 하겠오.”

“밥찌꺼기 먹이지. 내 시중 안하리.”

“사람 먹을 것도 배급이 잘 안 되는 형편에 나 온 한심하우다. 그게 인제 얼마나 먹겠기 그러슈.”

“글쎄 걱정 말어. 내 벌어다 안 먹이리.”

나는 살림형편을 생각하면, 아내의 걱정도 무리는 아닐 줄 알면서도, 내심 적이 불만스러웠다. 말하자면 그다지 실제주의로 가지 말고, 좀 더 정서적으로 개를 사랑하는 마음을 가져도 좋지 않은가 하는 불만이었던 것이다. 그러나 열 세 살 나는 큰 아이가 내 편을 들어주고, 좋은 동무가 하나 생긴 것을 기뻐해주는 데는, 다소 위로가 되었다.

“개 이름을 뭘로 할까? 이반이라 할까? 표―트르라 할까?”

나는 러시아식으로 이름을 붙여놓고, ‘투르게네프’의 산문시(그에게는 ‘개’라는 좋은 산문시가 있다)나, 혹은 ‘체―홉흐’나 ‘톨스토이’를 생각하리라는, 일종 시적 공상을 혼자 즐기려하였다.

“이반? 표―트르? 어색하잖아요? 타께루(猛)라 짓죠. 네.”

큰 아이가 열심히, 탐정소설에 나오는 영리한 ‘타께루’란 개 이야기를 하며, 우리 개도 그 이름을 붙이자고 주장하는 바람에 나는 아무

말 없이 찬성하고 말았다.

"가뜩이나 사나운 개에다가 그런 이름까지 붙여서 동네 아이를 자꾸 물어주면 그 성화를 어떻게 겪으려고 그러우?"

아내는 끝까지 현실에 입각해서 생각하는 것이었다.

"왜 그래. 이제 훈련을 잘 하면 함부로 물지 않아."

"우리 집엔 도둑놈 다 왔지. 타께루가 떡— 지키고 있는데 어딜 제가……"

큰 아이가 의기양양하게 말했다. 그의 머리에는 도적의 냄새를 맡고 추적하는, 탐정소설 속의 '타께루'가 살아있는 것이다.

"자, 네 이름이 타께루다. 영리하고 충실하고 용감해야한다."

나는 어린이에게 훈계나 하듯이, '타께루'한테 이렇게 말하면서 밖으로 들고 나가, 미리 만들어 두었던 마루 밑 석유상자의 '새 가정'속에 그를 모셔 들었다.

잠시는 웅크리고 가만있더니, 이윽고 *끄긍끄긍* 앓는 듯이 울기 시작한다. 통 밖으로 기어 나와, 토방을, 이리 왔다 저리 갔다 헤매며 점점 더 보채는 것이었다. 밤중에, 첫째 이웃에 미안하고, 가족들이 잠을 이룰 수 없다. 하는 수 없이 방안을 들여다 내 머리맡에다 놓아주었더니, 울기는 그쳤으나 내 이불 속으로 자꾸 기어드는 것이었다. 그저 나는 고놈이 귀여운 생각만 들어, 가만히 품속에 안아주었다. 그랬더니 그제서야 만족한 듯이, 눈을 스르르 감고 잠이 드는 것이었다.

이렇게 하기를 여러 날 계속했다. 첫째 추운 겨울이라 얼어 죽을까 두려워서, 밖에 내 놓을 수가 없었다. 그러나 한 가지, 대소변을 비록 방구석을 찾아 누기는 누뇌 더러워서 안 되었다. 아내는 밖에 내보내기를 극력 주장하였다. 하는 수 없이 부엌으로 내보냈다. 그랬더니 고놈이 아궁이 속으로 들어가서, 말없이 잘 자는 데는 겨우 안심이 되었으나, 이따금 *끄궁끄궁* 고통의 부르짖음을 발하곤 하였다. 아침에 일어나 부엌에 나가 아궁이를 들여다보며, "타께루야" "타께루야" 부른 즉, 꼬리를 치며 한 몸 재투성이를 하고 나오는데 본 즉, 엉덩이와 다리의 군데군데 털이 노랗게 타버렸었다. 재속에 불티가 있어 타는 바람에 뜨거워서 그같이 울군한 것을 알았다.

이렇게 온 몸뚱아리를 펀펀해질 정도로 태우면서도, 뜨뜻한 맛에 안락하게 한겨울을 아궁이 속에서 자랐다. 아침마다 밥 지으러 내려간 아내에게 꼬리를 치며, 껑충껑충 뛰어 감기리만큼 자랐다. 칭칭 감길 뿐 아니라, 치맛자락을 물어뜯곤 하여 아내에게는 점점 더 귀찮아 지기만 하였다. 게다가 자랄수록 식량이 늘어, 워낙 밥찌꺼기조차 많이 내지 않는 살림법이라, 개물대기에 점점 힘이 들기 시작했다. 그것을 직접 느끼는 것은 살림을 맡은 아내이다.

"저 개 더 크기 전에 어떻게 처치를 해야지 쌀을 당할 수 없어요. 백미는 벌써 한주일내 배급이 떨어지고, 좁쌀이나마 넉넉히 할 수 없는 형편이에요. 게다가 망할놈의 개 입정머리가 사나워서 잔뜩 배불리 먹고도 글쎄 찬장에 고기 사다둔 거 한 절반이나 훔쳐 먹었다우."

사실 아닌 게 아니라, 우리 동네서는 작년 가을에 군으로부터 벼 출타하라는 수량대로, 면에서 하지를 않았기 때문이라나? 금년 이른 봄부터 식량배급이 시름시름 해오더니, 한 동 백미고 좁쌀이고 할 것 없이 가가에 양미가 뚝 끊어진 채로, 한주일 이상이나 계속되어, 적지 아니 공황을 느끼던 참이라, 아내의 신경이 과민해질법한 노릇이었다. 게다가 몇 푼씩 안 되는 원고료에만 의지해 사는, 군색한 살림이라, 그나마 어쩌다 좁쌀 말이 나오면, 당일로 휙 흩어져버리는 판에, 불과 몇 원 돈이 수문에 준비되어있지 못하고, 쌀은 왔으되 돈이 없는 딱한 경우에 막다들리군 하면서 그대로 산 입에 거미줄 안친다고, 이럭저럭 건들먹거리며 우리 집의 가난한 살림배는 난항을 계속 하고 있는 터이었다. 가을까지 식량배급은 이상과 같을 모양이었다.

이러한 형편에, 내게 있어선 '세파―트'를 친다는 것이 얼마나 호사스런 짓이냐? 하는 자성도 없이, 오직 나는 내가 좋아하니까 친다는 맹목적인 애견벽이었다. 봄을 맞으면서부터, 건넌방 툇마루밭에 새끼줄을 매고, 거기다 '타께루'를 쳐매두기 시작하였는데, 점점 자라면서 힘도 세어지고, 주둥이가 점점 날카로워지고, 두 귀가 바둑하니 일어서고, 하여튼 본격적인 '세파―트'의 면모를 갖추기 시작하여, 장차 멀지않은 앞날에, 사냥이라도 펄펄 할만한, 용감한 사냥개가 될 것을 상상하고, 나는 은근히 그의 성장을 흐뭇하게 생각하였다.

그러나 그러한 반면, 동네에서 비난의 소리를 듣기 시작하였다. 때로 줄을 끊고 나가서, 지나다니는 어린이를 지브렁거려 울려놓기질, 남의 집 안뜰에 침입해서, 햇볕에 널어놓은 메주 등속을 집어먹기질, 집에 들면 마루 건넌방에 들어가, 음식물을 더럽혀 놓기질도 하여 안팎으로 말썽을 일으키는 것이었다.

바로 얼마 전이었다. 이른 아침 아직 자리에서 어렴풋이 졸고 누워

있을 무렵인데 뜰에 발자국소리가 거칠게 가까워지더니, 부인네의 울먹울먹하는 목소리로

"이를 어째요. 오늘 장사 나갈 인절미를 죄 망쳐 났으니, 좀 와보세요. 네, 네."

하고 떠들어대는 바람에, 나도 획 정신이 들고 아내는 벌떡 일어나 마루로 나갔다. 그 여자는 뒷집 건넌방에 세로 있는 떡 장사 아낙이었다. 다시 거진 닝금닝금, 곤두박질이라도 하는 듯이 발을 구르면서, 피해의 참상을 호소한다. 아내는 그 여자에 대한 사과의 의미도 있어서, '타께루'에게 욕지거리를 퍼부으며, 이번이야말로 정말로 노한 듯하였다. 나는 그들의 떠드는 게 우스워 보일 만큼, 아직도 '타께루'의 행동에 대하여 관대하였으나, 그 여자가 그 자리를 떠나지 않고 온 책임을 개에게와 나아가서는 우리에게만 넘겨씌우려드는 태도에, 점점 불쾌하여가는 자기 자신을 깨달았다. 나도 마루로 일어나서 나갔다.

"근데 떡 그릇을 어디다 났었나요?"

"뜰 절구통 위에 안반채로 났었어요. 절구통이 키가 낮아서……"

"키 낮은 절구통을 왜 뜰에다 났어요. 개 잘못도 있지만 당신네 부주의도 있지 않소. 하여튼 쌀로든지 갚아 드릴 테니, 가시오."

그 여자는 어실렁 어실렁, 아직도 중얼거리며 나갔다. 본래 우리 집은 뒤에는 울타리가 없고, 대문이란 것도 외짝문으로, 빗장도 아무것도 없어서, 사람이나 짐승이 맘대로 드나들게 마련이다. 필연코 개란 놈이 밤중에 약한 줄을 끊고 나가 도적질을 한 모양이다. 혹 늘상 변변히 먹지 못하여, 굶주려있는 때문도 있지 않을까? 나는 그렇게 개의

정상(情狀)을 동정도 했지만, 아내는 어디까지든지 그놈의 버릇이 그렇다고 주장하였다. 그것은 그가 배불리 먹은 직후라도 혹하는 습성으로 봐서, 내 설(設)은 일종의 감상주의에 지나지 않는다 하였다. 혹은 그런지도 몰랐다.

하여튼 나는 '타께루'를 불렀다. 대문 밖으로부터 천연스레 껑충껑충 뛰어 들어와 내 발 앞에서 꼬리를 친다. 나는 제자리에 붙들어 맨 다음, 부엌에서 굵직한 회초리를 골라 들고나와 개에게 태형을 가하기 시작했다. 온 동리가 떠들썩하리만큼, 개는 아프게 비통하게 부르짖었다. 때리는 동안에, 나는 점점 더 분노가 치밀어, 잠시동안 정신없이 그놈에게 채찍질을 퍼부었다. 회초리는 쌩쌩 공기를 가르고, 공중으로부터 딱딱 개의 온 몸뚱아리에 무자비하게 떨어졌다. 개는 그만 주둥이를 땅에 박고, 꾸루룩하고 소리조차 못내고 신음함에 이르러, 그제서야 나도 손을 떼었다. 아내가 뒷곁에서 일을 하다가, 그제서 달려와서 회초리를 내손으로부터 빼앗았다.

나는 그날 온종일 마음이 무거웠다. 밖에서 해질녘에는 개를 생각하고 마음이 아팠다. 그리고 내 형편으로선 단순히 개를 좋아해서만 칠 수 없다 하였다. 한편 '타께루' 편으로 보면, 얼마나 가난한 신통치 않은 주인을 만났음이랴. 내가 만일 먹이는 것은 비록 변변치 않더라도, 훈련이나마 잘 시킬 줄 알았더라면 개에게 그만한 욕은 보이지 않았을 것이다. 사실 개를 얻어온 지 근 반년동안 '개의 교육'에는 불성실하였다.

나는 취미를 포기하기로 결심했다. 내가 내 취미에 도취하는 것은, 짐승을 위해서는 외람된 짓임을 깨달았다.

이튿날 '타께루'를 끌고 서울로 향하였다. 진실로 '타께루'로 하여금 '타께루'답게 살게 하기 위해서, 또, 만일이라도 그놈이 한번 났던 보람이 있게 하기 위해서 봉사(奉仕)의 생활을 시키고자, 나는 그를 군견(軍犬)으로써 바치기로 결심한 것이다.

정거장에서 살창 있는 개집에 넣었을 때, 그는 거북해서 낑낑 갑었다. 기차를 타고 달리기 시작했을 때 그는 소리 질러 울었다. 큰 아이와 둘째 아이가 정거장까지 나와서 서운한 얼굴로 손을 들어 흔들었다. 반년동안이었으나마, 먼 뒷날까지 좋은 추억을 남겨줄 동무다. 큰 아이가 멀어지는 개에게 부르짖었다.

"타께루야! 잘가거라!"

(1941년 6월호)

아침마다 어머니는 무슨 소식이 오기를 기다린다. 서울로 온 후로 미국에 방랑 생활하는 아버지의 소식이 궁금하면서도 형기는 미국이란 데가 멀면 멀수록 아버지의 일이 심상해질 뿐이다. 다만 서울로 오면서 눈에 거슬릴 만치 변해가는 아우가 분주한 병원에서도 머리 안으로 가득했다.

S병원의 오전은 한창 분주하다. 예수계 계통에서 경영되어 오는 병원은 아침부터 환자가 밀물 듯해 내과과장 황 박사의 이맛살이 종시 펴지지 않으며 번쩍이는 대머리에 먼지 한 점 앉으랴 조심스럽게 환자를 마냥 진찰한다. 형기는 그 눈치를 살펴가며 다시는 위장병 환자의 양말을 먼저 벗기지 않으려고 황 박사보다도 더 조심스럽다.

오정이 되면서 일하던 손을 떼고 병원 뒤 넓은 언덕으로 올라갔다.

한창 봄이 오는 것이다. 곧 다부지게 벌어질 것만 같은 꽃봉오리들이 제법 푸르게 붉게 물을 먹어 햇빛에 조롱조롱 매달린 것이 한결 졸음이 올 지경이다.

형기는 문득 어젯밤 아우가 아버지에게 보내는 편지를 뜯어본 기억이 다시 머리에 떠올랐다.

"아버지 저는 권투를 배우고 있습니다. 장차 유명한 권투 선수가 되어 미국까지 정복할 예정입니다. 그때만 기다리세요. 그러면 아버지를 뵈옵지요."

대강 이러한 사연이었다.

자기보다 다섯밖에 아래 아닌 이제 이십이 다 된 청년의 편지라면 너무도 어처구니없는 허영일 것이요 또는 그러한 패기도 가져볼 만한 것이긴 하지만 권투 선수가 되어서 미국까지 가겠다는 용기도 아우 아니면 못 가질 용기라면 그저 아우를 타낼 수도 없는 형편, 형기는 은근히 불안한 일이다.

신학을 연구하겠다고 이곳 생활을 내던지듯 버리고 미국서 방랑하는 아버지의 정신도 좀처럼 이해할 수 없는 일이건만 아우까지가 온전하게 제 자신을 돌보지 않는 것이 괴로울 뿐 고향을 버리고 서울로 온 것이 새삼스럽게 후회된다.

정오의 언덕은 조용했다. 한 시간 후에야 언덕에서 내려오면서 황 박사며 간호부와 어울리는 것이 형기에게는 그날그날 부자연하고 어려운 고비였다. 병원의 일이란 더욱 그랬다.

환자들은 벌써부터 의자에 앉아서 진찰 시간을 허기가 지게 시름없이 기다리는 처량한 모습, 대개 얼굴빛이 노란, 환자들은 눈까지 움쑥 들어가 힘없는 돌부처처럼 창으로 내다보이는 하늘이 호수같이 맑다. 참

새가 한 마리 언덕으로 날아가는 것이 오래 머리에서 사라지지 않았다.

호젓하던 층계가 요란스럽게 울리면서 간호부들이 가볍게 뛰어 올라오고 곧 뒤이어 황 박사가 이쑤시개를 물고 들어서면 환자들은 세상이나 만난 듯이 어리둥절해서 서로 쳐다보고 이내 생기가 돈다.

황 박사나 간호부들이 즐겨하지 않는 일을 맡아보면서 형기는 괴로워하는 환자들을 대할 때마다 늘 몸이 좋지 못한 어머니를 보는 듯 공연한 동정까지 갖게 된다.

진찰 시간이 끝나고 황 박사는 소제를 하는 형기에게 가까이 오더니

"일이 고되우."

가끔 하는 말이다.

"무얼요."

"참고 고생을 하시유. 인제 미국 가 계신 아버지만 나오시면 그 보람이 있겠지."

"……."

"이 병원에 있는 동안은 안심하고 공부를 꾸준히 하시유."

황 박사는 명문의 신자로 일찍 박사논문까지 통과한 소장 의사로 형기의 아버지와도 친면이 있다는 사람으로 S병원에선 얌전한 신자라고 이름 있는 이다.

"하여간 일이나 잘 배우도록 하게."

환자 없는 병원은 호젓해졌다. 소독 냄새가 확 풍겨온다. 밤이 가까워오는 남대문은 역보다도 더 분주했다.

고향 김 목사의 소개로 황 박사의 조수로 일하게 된 것은, 지난해

가을이다.

고향인 청진에서 향수처럼 그리워하는 서울로 올 때는 이모저모 궁리도 많았고 선부 생활을 이별한다는 날부터 형제와 어머니의 기쁨은 컸다.

그러나 그것은 꿈이었고 의사나 간호부가 아니면 사람을 살 곳이 못 되면서도 김 목사의 소개로 할 수 없이 쓰게 했다는 것인지 황 박사는 별다른 눈초리로

"그저 꾸준하게 미래의 의사가 되도록 힘써 배우게."

형기도 이게 사람 사는 게로구나 값싼 의서를 들고 다녔지만 아침부터 서성거리면 중병 환자처럼 머리가 어리둥절해질 뿐 황 박사의 착실한 조수가 되기에는 힘 드는 일이었다.

일답지 않는 일을 혼자 하면서도 황 박사 아니 S병원에서 동정이나 받는 것이 간호부들 보기에 민망했고 첫째 신자이기 때문에 도와준다는 눈치가 형기에게는 괴로운 일이었다. 처음부터 황 박사는 독학으로 의사가 된 사람도 많으니 착실한 조수가 되어달라고 기도 시간에는 형기를 꼭 데리고 가곤 했다.

이런 형기의 불안은 또 아우에게도 있다. 아우도 역시 감리교에서 경영되어 오는 사립학원의 소사로 장차 희망도 없는데도 좁쌀만한 월급을 주면서 모두 신자이기 때문에 받아야 할 가난이라고 원장이 말하더라는 소리를 들을 때 형기는 속으로 예수와 같이 굶어보자 하는 것을 굶어 죽어도 예수만 찾으면, 비웃어 대는 것이었다. 하긴 집의 어머니도 기도로 항상 배를 불린다고 한 번도 구차한 소리를 하지 않았다.

집까지 왔을 때는 어스름해진 뒤였다.

형진이는 학원에서 일보랴 밤에는 권투 연습하러 가랴 집에 있는 시간은 잠자는 몇 시간이다.

병든 두루미처럼 약한 어머니는 편지를 들고 나오면서

"형기야 아버지한테서 편지 왔다."

어머니는 반가우면 놀란 사람처럼 눈이 휘둥그레져서 어쩔 줄을 모른다.

"빨리 좀 와."

유식한 것이 아버지의 병이라면 무식한 것은 어머니의 근심이다. 정희에서 돈 내라는 적은 표만 받아도 궁금해서 못 견딘다.

형기는 편지를 한숨에 읽는다.

"경성으로 옮겼다는 말을 듣고 이 편지를 쓴다. 너한테 편지를 한 지도 일 년이다. 일 년이란 짧으면 짧고 길면 길다 하겠지만 나는 몹시 분주한 탓인지 어제가 오늘 같고 오늘이 어제 같다. 그리고 수산회사의 어부는 잘 그만두었다. 고기 잡는 어부라면 무식하고 험한 사람이 할 노릇이지 네 형제가 할 노릇이 못 된다. 너무 막연해서 사 년이나 어부 생활을 한 것이겠지만 잘 그만두었다. 이 곳 나는 평화롭다. 무슨 일이든 주 앞에 영광을 돌려보내야 한다. 그리고 어머니와 동생을 데리고 주 앞에는 빠지지 말고 나가라―"

하고 다음은

"지난 여름엔 태평양으로 연해 있는 캘리포니아라는 미국서도 가장 아름다운 곳으로 이 곳 사람들에 끌려 놀러 갔었다. 산 위에서 내려다 보이는 태평양의 푸른 바다, 멀리 내 고향의 땅이 바라다 보일 것만 같으면서도 여러 겹의 물결이 내 눈 앞을 캄캄하게 만들 뿐이다. 나의 눈에는 눈물이 고이고 사실 외로웠다. 그것은 쉽게 건널 수 없는 다리였다. 그러나 나는 아주 적은 나를 구원해주는 길, 모두 주의 은혜로만 믿고 살겠다. 이 편지는 벌써 써 놓고도 이제야 부친다. 한 달 후에는 이 편지가 네가 갈 것을 생각하며 붓을 놓는다.

뉴욕의 늦은 밤"

편지 속에는 사진이 한 장 들었다.

암만 선의로 해석해 보아도 미국까지 가서 신앙을 공부하겠다는 아버지의 심정 그것은 다만 서글픈 방랑이라 할까. 젊어서 아버지는 넓은 만주 땅을 무전여행까지 하다가 마적한테 붙들려가서 고생고생 하다가 돌아왔다는 옛이야기, 그런 것은 신앙이라 할 수는 없고 천성이라 하겠지.

아름다운 캘리포니아의 풍경을 배경으로 한 맑은 호반 벌거숭이 양키—남녀들 틈에 아버지의 작은 키가 변으로 눈에 띤다. 마음껏 웃는 아버지의 자연스러워야 할 모습이 보면 볼수록 어색하고 그 많은 사람들 가운데서도 아버지만이 눈앞에 초라했다.

형기가 밥을 먹는 사이에 어머니는 아기자기 옛이야기가 숨은 앨범에다 사진을 붙이며 보고 또 보고 형기는 웃으며

"어머니 무얼 그렇게 보세요."

공연한 말을 물었구나 하는데

"네 아버지가 더 젊어졌다."

하더니

“무척 호강하시는 모양이지. 아무렴 고생이나 하시지 마셔야지.”

하며 시름없이 사진을 본다. 어머니는 아버지를 보내는 날부터 지금까지 즐거운 날만 기다리고 있다. 기다리고 기다리면 무슨 일이든 성취한다는 것이다.

형기는 형기대로 편지를 다시 보면서 아버지한테서 듣고 싶은 말 그동안 이곳 변해가는 일, 제 자신이 변해가는 것까지를 통틀어 알리고 싶은 마음이 가득해진다.

밤은 맑은 물속처럼 어두워지기 시작했다.

어머니는 무슨 긴요한 말이나 잊은 듯이 앨범을 방바닥에다 놓으며

“저 형기야.”

또 놀라며 눈이 커진다.

“무슨 하실 말씀이나 계세요.”

“이제 우리도 아버지만 오시면 남처럼 보란 듯이 살 수 있지 응, 아버지만 오시면.”

“글쎄요.”

“글쎄가 무어냐 미국까지 갔다 온 사람이 어디 흔하냐 아버지는 박사가 되실걸.”

형기는 흘깃 어머니의 희망이 가득 찬 모습을 발견하자, 다시 눈을 돌리고 절로 한숨이 나왔다.

형기는 혼자 침울해져서 그래도

“글쎄요.”

어머니의 희망을 죽이고 싶지는 않다.

"형기야 그러니까 우리는 예수의 은혜를 누구보다도 받은 셈이지."

그 자리에서 어머니는 눈을 감고 조용히 기도를 올린다. 형기도 따라 기도를 올리면서 그 하나님은 어머니만의 좁고 천박한 구세주가 아님을 새삼스럽게 느껴본다.

밤이 늦어서 형진은 씨근씨근거리며 돌아왔다. 불같이 상기돼서 온 몸에 땀이 밴 살에선 봄 내음새가 확 풍겨 올 듯 굵은 강철같이 튼튼한 주먹에 힘줄이 줄기차게 움직인다.

형기도 슬며시 자기의 굵은 팔을 어루만져 본다. 사 년 동안 어부생활이 준 고마움이다.

형기는 빙그레 웃으면서 어제 편지를 도적질해 본 기억이 나서 아우의 팔을 쥐며 어르듯이

"아이구 이만하면 해 볼만 한걸 어데."

형진이도 어르듯

"그게 무슨 소리유. 형은 내 주먹으로 견디어나길 어려울걸."
하면서

"이래도 장차 미국까지 정복할 세계적인 권투 선수를 보고."

자기도 우스운지 소리를 내며 껄껄 웃더니

"그럼 아버지가 계신 뉴욕까지 갈게 아니냐."

배에서도 가장 또랑또랑하던 아우는 무서운 것이 없었다.

어머니와 아우가 잔 다음에 형기는 오랜만에 아버지에게 편지를 써 볼까 한다. 할 이야기가 많아서 그런지 마음이 내키지 않는다. 그보다도 그는 지저분한 소식을 전하고 싶지 않았다.

늦어서 학교에 들어간 형제는 아버지가 미국 들어가던 해 형기는 중학 삼학년 아우는 소학 오학년이었지만 학교에서 배운 공부보다 교회에서나 아버지의 책을 많이 훔쳐 본 형기는 어부 가운데는 어딜 가든지 박사였다. 아버지에게 편지를 쓸 데도 솔직하게 제 속을 쏟아낼 수가 있었다.

"아버지 그동안 안녕하신지요. 너무 오랜만에 편지를 받아보니 반갑습니다. 이곳 아름다운 봄도 멀지 않아 옵니다. 참 이곳은 봄입니다.

제 생각에도 어부는 잘 그만두었다고 생각합니다만 지금은 그만도 못한 살림을 하고 있습니다."

그리고 형기는 무슨 말을 쓰려다가 언젠가 미국에 관한 강연을 듣고 잠깐 생각한 바가 있어 자기도 모르게 다음 같은 글을 한숨에 써버렸다.

"저는 아버지께 아무것도 올릴 말씀이 없습니다. 너무 머리 안이 복잡한 까닭입니다. 아버지가 상상하시는 그런 지저분한 이야기를 써 올린들 무슨 소용이겠어요.

이곳 형제는 아버지가 생각하시는 범위 이상으로 변해가고 있습니다. 참말로 놀랄 만치 현실도 그전의 모습을 찾아볼 수가 없습니다. 미국이라면 덮어놓고 동경하는 시절이며 미국서 돌아온 박사니 무어니 하는 사람을 환영하는 시절도 옛날이지요. 아주 병적으로 저주하고 싶습니다. 아버지가 신학을 공부하시든 무얼 하시든 지금의 저로서는 아무 흥미를 느끼지 않습니다. 오히려 흥미는 우리들에게 있지 않을까요.

덮어놓고 아메리카니즘을 배격하는 것은 아니지만 특히, 아메리카의 정신문화 그것은 도저히 일치할 수 없는 것이 있습니다. 생활이라든

풍속이라든가 또는 전통이라든가.

왜 누군가, 영국의 버나드쇼라는 비웃기 잘하는 사람이 미국을 야유하며 네 나라는 양키 다리의 매력 밖에는 없다고 하였다던가요.

이것은 미국의 저속한 정신문화를 가리켜 한 말이 아닐까요.

진정 저는 아버지가 아메리카에서 서글픈 방랑을 하시는 것이 다만 괴롭습니다.

그만 흥분했습니다.

이만 올리겠습니다.”

형기는 대강 이제까지 쓰고 붓을 놓았다. 어떤 것은 누구의 이야기를 솔직하게 옮겨다 놓은 것이다.

그는 편지를 써 놓고 멀거니 천정을 올려다보며 눈을 감는다.

눈바람 날리는 북해, K수산회사의 어부들의 노래, 때 없이 갈매기가 날아가고 날아오고.

형기의 생각은 과거, 과거로 더듬어 올라간다.

×

아버지가 미국으로 들어간 지도 벌써 육 년이다.

Y중학의 영어 교편을 잡고 있던 아버지는 얌전한 선생님으로 한시도 영어책을 떠나질 않았고 잠꼬대 하면서도 주여! 영어로 GOD!

형기와 형진이는 아직 학생 몸으로 사십이나 넘은 아버지가 미국으로 공부하러 간다는 말이 믿어지질 않았다. 그러나 아버지는 여러 해 아니 반생을 두고 마음먹었던 일이다.

얼마 안 되는 월급으로 살림이며 학비까지 뜯어내는 생활을 버리고 떠나는 날 그 동리 교회의 김 목사가 돌아오는 날까지 모든 것을 봐준다는 것이며 선교회에서도 보조가 있으니 염려 말라고 달래듯, 역에 나온 추레하게 수염이 많은 김 목사에게

"그저 믿습니다."

그냥 기차는 떠나간다. 종시 말이 없는 어머니는 기차를 좇아가며

"애들 형제는 염려 말고 성공해가지고 와요."

아무 능력도 없으면서 인사치레는 무척했다. 형제는 막연하였으나 김 목사가 학교 나올 때까지만 봐주어도 그 다음은 일터로 나갈 작정이다.

그러나 생활을 봐주겠다는 김인도 목사는 형기네가 굶지나 않을 정도로 그것도 몇 번 가서 구걸하듯 결국 형진이가, 소학교 졸업을 석 달 앞두고 항상 즐겨하던 바다, 형제가 같은 수영 선수였던 관계로 K 수산회사의 선부로 취직이 되어 여러 날 출범하면 빠지지 않고 나가던 예배당도 드문드문 빠져 그때마다 김 목사는 집으로 찾아와

"예배당을 나와야 되오."

수염을 쓰다듬으며

"아버지도 미국으로 간 것은 하나님 사업을 위한 것이 아니겠소."

그럼 형기는 무심코

"선생님 하나님 사업이란 어떠한 것이예요. 신앙도 학문을 가져야 하나요."

"그게 무슨 소리요."

"미국까지 가서 신학을 공부한 사람은 예수를 더 믿고 그런 사람만

이 하나님 사업을 하나요.”

“글쎄 그런 소리 하는 게 아니오.”

김 목사가 돌아간 다음에야 형기도 흥분한 것을 후회했다.

김 목사도 미국까지 갔다 온 사람으로 미국 가서 신학을 공부할 때 쓰레기통을 뒤져가며 갖은 고생을 다했다 자랑 삼아 이야기하는 것을 밉게 본 형기는 공연히 울분이 터져 나온 것이었다.

사 년이나 어부가 된 형제는 수줍은 처녀처럼 물이 무섭던 때와는 달리 이제는 땅이 그립고 더욱이 서울로 흘러가고 싶었다. 여러 해 희망이었던 서울로 오는 날 김 목사는 서슴지 않고 취직처까지 소개하며

“이것은 나의 가장 귀한 선물이나 받아주게.”

하고 준 것은 헌 성경이다. 김 목사는 떠나는 기차까지 가까이 오면서 성경만은 꼭 새겨보고 아버지처럼 잘 되어달라고 여러 번 부탁하는 것이었다.

서울로 오면서 곧 찾아간 것이 황 박사였다.

×

꽃도 한창지고 초여름의 신선한 정오의 언덕이다. 이런 날은 진정 다 죽어가는 환자를 보면 볼수록 수산회사의 씩씩한 어부들이 그립다. 형기는 언덕에 드러누워서 하늘을 쳐다본다.

동정도 받을 때 받아야 한다. 이러고 있을 수는 없었다. 황 박사의 동정을 받는 것이 오히려 좋지 못한 일인지도 모른다. 형기는 온종일 손에 잡히지 않는 일을 하다가 황 박사와 단둘이 있는 기회를 놓치지 않고

“선생님 벌써 말씀 올려야 할 것이었지만”

오늘은 무슨 결말을 내자고

"딴 곳으로 옮겨 갈 수가 없을까요."

황 박사는 안경을 벗어 들며

"딴 곳이라니—"

"제가 할 만한 일을 하고 싶습니다."

하였더니 황 박사는 그제야 고갯짓을 하며

"알겠네."

"암만 생각해도 여기서는 제가 할 만한 일이 없세요."

그럼 황 박사가 자네 할 일이 무어냐고 물을지 알았더니 그렇게 묻지는 않고

"무어 아버지만 나오실 때까지 좀 고생을 해보지."

한다. 형기는

"그래도."

하고 주저하지 않을 수 없었다. 또 이 이상 말도 주고받고 싶지 않았다. 황 박사가 형기에게 오래 고생을 해서 의사가 되도록 주의 은혜를 받으라는 것은 다름이 아니라 박사로서의 위신이었다.

형기는 병원에서 나오는 길로 오랜만에 본정으로 해서 명치정으로 나온다.

언젠가 형기는 김 목사와 다음 같은 말을 주고받은 일이 있었다.

"아무래도 조선 사람은 기독교의 은혜를 잊어버릴 수는 없지."

그때 형기는

"그것은 김 목사의 받은 은혜지, 저희가 받은 은혜는 기독교가 아니

라 예수지요."

형기만 하더라도 어릴 때부터 예배당 출입을 한 것이며 온 집안이 착실한 신자였지만 그것으로 예수의 은혜를 입었다고 할 수 있을까, 더욱 기독교의 은혜를. 김 목사는 육십이 가깝다. 아마 그이 젊을 때만 하더라도 모르지만

"아버지가 신앙을 공부해 가지고 조선으로 돌아오면 그때는……."

생각만 해도 막연한 것이다.

형기는 명치좌 앞까지 와서 망설이다가 극장표를 샀다. 한 프로는 예전 파라마운트작인데 재상연하는 것이다. 그는 사진 이름도 보지 않고 뒤에 가서 선다.

그것은 미국의 어느 번화한 도시다. 자동차에 몸을 실은 양키 남녀가 호화스러운 호텔문 앞에서 내린다. 막 내리자 거지가 다가선다. 그러나 자세히 보니 거지는 아니다. 그 거지는 점잖은 동양 사람이다. 그는 머리를 숙이며

"나는 고학생이올시다."

돈을 청하는 모양이다.

"흐흐흐 무엇을 배우나요."

그는 다시 머리를 숙이며

"하나님의 사도올시다."

하고 힘없는 말이다.

형기의 눈에서는 눈물이 핑 돌았다. 그 동양 사람이 아버지와 같기 때문이다. 그는 걷잡을 수 없이 거리로 나왔다. 집에서는 어머니가 심

장병으로 골골 앓으면서도 그런 빛을 보이지 않는 것이 더 불안스럽다.

황 박사의 말이 다시 머리에 떠올랐다.

"아버지만 오시면."

분명히 악몽이다. 형기는 걷잡을 수 없이 자리에서 일어나 본다. 그는 오랜만에 조용히 기도를 올린다.

"세상엔 값있게 고생한 사람이 많건만 미국 있는 예수를 찾아간 아버지에게―"

하다가 형기는 놀라며 일어났다.

밤 열 시면 돌아오는 동생이 한 시가 넘어서 풀이 죽어서, 돌아왔다.

"왜 늦었니."

하고 흘깃 동생의 얼굴을 보니 입술이 터지고 코피가 터진 자리까지 보인다.

"아니 웬일이냐."

아우는 작은 소리로

"시합에 졌어―"

할 뿐 말이 없다.

아우는 시합에 져서 분한 김에 침울해서 거리를 헤맨 모양이다.

이튿날 아침에는 병이 나서 일어날 시간도 몰랐다.

황 박사에게 딴 곳으로 옮겨 달라고 청한 후로 형기에게 대하는 태도가 냉정해졌고 전에는 시키지도 않던 잔심부름까지 시킨다.

날이 더워지면서 기관이 약해진 어머니는 노상 자리 잡고 누워 있게 되었다. 형기의 근심이 한 가지 더 늘어난 데다 그날 동생은 일하던 학원에서 심사가 틀린다고 그만두었다.

밤에는 어머니의 병이 갑자기 더해서 밤을 꼬박 새웠다. 형기는 아침에 병원에 오면서 그만하면 괜찮겠지 한 것인데 오정도 못 되서 동생에게서 전화가 왔다.

"무어 어머니의 병환이ㅡ"

허둥지둥 집으로 오면서도 마음이 놓이질 않는다. 예상한대로 어머니는 급성 심장병으로 졸도하고 만 것이다. 정신없는 어머니를 앞에 두고 쩔쩔 매다가 황 박사에다 전화를 걸고

"지금 좀 오실 수 없을까요."

그러나 황 박사는 태연해서

"나를 나오라고 웬만하면 내일 모시구 오지."

"아니에요. 지금 급해서ㅡ"

하면서 형기는 전화를 끊었다. 그는 문득 병원에서 심장병 환자를 치료하던 것을 본 기억이 새로워 냉수마찰과 인공호흡으로 급한 고비를 돌렸다. 생각하면 위험한 고비였다. 황 박사의 위신을 보더라도 전화 건 것이 슬며시 후회됐다. 밤이 되면서 조금 진정한 어머니는 눈을 뜨며

"인제 다 나았다. 공연히 걱정들을 시켜서 안됐다."

"아무 걱정 마세요."

"그저 나는 주 앞으로 빨리 가고 싶다."

"어머니 그런 소리 하지 마세요."

"네 아버지를 영영 못 볼 것 같아서 화가 나더니 고만 병이 더했다."

밤이 새면서 형기는 어머니를 데리고 병원에 나갔다.

황 박사를 기다리는 동안 어머니는 의자에 앉아서 신음에 가까운 앓는 소리를 듣는 것이 보기에 딱할 지경이다. 간호부는 그 환자의 앞으로 가까이 가서

"잠깐만 참으세요."

그럼 어머니는

"아니요. 주가 가까워지는 것만 같소."

형기는 가슴이 미어지는 듯 했다.

황 박사가 들어오면서

"너무 근심하지 마십시오."

진찰하는 대로 어머니는

"제가 근심은 무슨 근심이겠어요. 그저 걔들이 안됐지요."

"그저 안정하십시오."

"살기가 어려워서 병이 났어요."

형기는 얼굴을 들 수가 없었다. 어머니는 갑자기 잔말이 많아지면서 궁상이 많아졌다. 이제는 정말 어부가 될 것이라고 생각해 본다. 정말 간호부까지가 측은한 동정을 하려는 것이 보였다.

가을이 오면서 어머니의 병은 그만했다.

가을이 오면서 일미관계가 험악해졌다. 그런데는 통 무관심하던 형기도 아닌게 아니라 궁금했다. 아버지가 돌아오기 전 태평양이 무사하기를 하나님께 빌 뿐이다. 만일 일이 난다면 아버지와는 영영 멀어져 아주 이방 사람처럼 말까지 달라질 것이 아니겠느냐. 그래도 아버지만을 기다리고 기다리는 사람은 언제나 변함이 없을 것이다. 형기는 문

득 어머니가 불쌍했다.

형진이가 놀게 된 후로 살기는 말없이 어렵고 서울로 온 것이 잘못이라고 생각다 못해 다시 K수산회사로 가겠다고 생각한다. 시원스럽게 활개를 펴며 몸을 놀리고 싶다. 바다를 안고 둘러싼 북항, 어부가 되어 출범이나 해보겠다는 것이다.

하루는 형진이에게

"이제 어떻게 하면 좋으냐."

"……."

"암만 생각해도 우리는 이대로 살 수는 없다."

형진이는

"글쎄―"

"형진아 다시 청진으로 가자."

"형님 그럽시다."

"이제 아버지는 딴 세계 사람이구 우리가 살림을 세워야 한다."

"형님 다시 바다로 나갑시다. 그래야 살겠소."

형기는 형진의 반가운 대답을 들으면서

"어머니만 나으시면 곧 가자."

가을도 지나고 초겨울이 닥쳐왔다. 어머니의 병도 그에 따라 그만해졌다.

거리의 낙엽이 바람에 우수수 떨어지는 날 김 목사한테 편지가 왔다.

"성경을 명심해서 공부하시오."

생각하니 성경을 본 지도 오래다. 그리고 다음 날은 아버지한테서 편지가 왔다.

다음과 같은 편지의 사연.

"형진의 편지 잘 받았다.

몸 건강한 것은 좋지만 왜 하필 그런 피나는 운동을 하느냐. 그리고 권투 선수가 되어서 미국까지 오겠다고 듣기만 해도 지긋지긋한 소리를 하는구나. 피를 흘리는 것은 야만의 행동이다. 성스러운 종교의 가정에서 그런 운동을 한다니 만일, 그런 자식은 제적 해버리겠다."
하고 다시 편지는 계속.

"그리고 형기의 말도 잘 알아들었다. 그러나 지금의 내 심정, 아무도 모른다. 나는 괴롭다."
할 뿐이다.

십이월이 넘어서 모자는 갈 채비가 되었다.

"고향에 가서 노동이라도 하겠습니다."

황 박사는

"글쎄 그럼 섭섭하군."

차비나 하라고 돈 이십 원을 쥐어주면서

"어딜 가든지 주의 은혜를 잊지 말게."

바로 떠나는 정거장의 이른 아침이었다.

전쟁!

일본이 미국에다 선전을 포고했다. 이렇게 빨리 올 줄이야 몰랐다. 형기는 놀람과 감격이 한꺼번에 치밀어 올라왔다. 그러나 선 땀이 쭉 흘렀다. 아버지가 향수와 같이 그립다.

아버지도 여러 사람들과 같이 체포되어 걸려 갈 것이겠지, 체포되어 가는 아버지, 이곳을 떠나 신앙을 공부하겠다고 미국으로 간 아버지가 자업자득이라 하기엔 너무나 희극이다. 마주 앉은 어머니는 트렁크 속에서 앨범을 들쳐보다가 그대로 잠이 들었다.

차 안에서 밤이 오고 차는 자꾸 북으로 달렸다. 눈 내리는 밤이었다. 바람이 불 때마다 차량이 요란하게 울렸다.

청진서 올 때도 이런 겨울이었다. 바로 작년 이맘때다

차 안에서 새벽이 왔다. 밝아가는 북쪽은 잔뜩 구름에 서리었다.

차가 해안으로 달리면서 넓은 바다가 보인다. 형제의 눈은 잠깐 빛났다.

날이 밝을수록 그는 북쪽의 소리를 들었다. 침울하고 음산한 가운데서 알지 못하는 힘, 형기는 부시시 두 주먹을 쥐었다. 기운이 한결 나는 것이다.

어머니는 눈을 뜨면서

"전쟁은 다 했니."

"아직 멀었어요."

미국에 봄이 오겠지.

겨울도 가기 전 속으로 봄을 불러보면서 오랜만에 김 목사가 준 성서를 펴 본다.

벌써 형기의 머릿속에는 험한 물결 번쩍이는 고기, 잠이 오지 않는 어선의 등불 아래에서 성서만은 읽어야겠다고 생각한다.

(1942년 3월호)

가보(家譜)

··· 석인해

김동이 홍네 홍동이······ 외손(外孫)들로 모였다. 올망졸망한 그 또래의 조무래기들이 한데 얼리어 복적거리는 바람에 방이 떠나가게스리 한창 수선스럽다. 제삿날은 그래 좋았다.

샛문으로는 무징게(무탕) 끓어나는 구수한 김이 서리서리 방으로 풍겨들고, 부침개질을 하는 기름 냄새도 아울러 코를 울리어 진작 집안은 대삿집 풍경이었다.

집난이(出嫁女)들을 먼 두멧길을 허위단심 타박 거리었건만 지칠줄도 모르고 웃방에서 웃음의 꽃이 피었다. 근친(觀親)의 즐거움이란 나이가 들어도 매한가지여서 홍서방 댁도 김서방 댁도 늘어지게 기지개를 키고싶게 마음속이 그냥 느긋 했었다.

떡도 친다. 떡판에 부드치는 멧 소리가 쿵, 산을 울리고는 그들의 가슴속에 되안긴다.

"저게 창삼이지."

“떡을 다아 치구, 제법 어른 숭낼 내.”

“어린애 자라는걸 보구서 제 늙는걸 짐작 한다잖아.”

“그러게 맹랑스럽다지.”

세월이란 지내쳐 놓고 보면 잠깐이라고 자매(姉妹)는 그만 아모것도 잊은 채 넋업이 어린 동생의 밋밋한 팔뚝을 바라본다. 애송이답지 않게 딱 바라진 우뚜리는 정말 떡메로 처도 끄떡도 않을가보다.

“집을 뛰쳐 나가지군 어머니 속을 꽤는 썩여 주더니.”

언니의 말인데

“서쪽 땅엘 갔었기루 산 사람은 돌아오잖어요.”

언니의 대꾸만이 아니오, 김서방댁은 그만 제결에 흐 가는 숨이 진다. 저도 모르게 얼굴 빛이 흐려지며 말 꼬투리는 또다시 제 시름에 돌아간 푼수였다.

“글쎄 어쩌문 좋우, 언니.”

하고, 동생은 덩달아 오독깝스런 말을 해놓고는 제야 야속타는 듯이 깔깔거리고 경없어 한다.

“애, 애, 남 부끄럽다.”

언니는 부러 건성으로 하는 대꾸나, 아예 아픈 상처를 따짝거리기를 꺼린 것이다.

“남은 일건 이야긴데 들은척두 않네.”

“그럴 말룬 네 마음 지어먹기루 갈게 아니냐, 곁눈을 팔라건 될구, 흐흐.”

“그렇게 척척, 말이 쉽지, 흐흐.”

“건 뉘가 헐 소린데 장이 어렵구나, 홀루 늙긴 야숙쿠, 팔잘 고치자

니······.”

“아니야, 이런 궁리부터가 돌아가신 이에겐 죄스럽지, 엉뚱해진 제

가 미운걸, 다아 우스개 소리여, 언니.”

“우스개 말거 있어, 길을 막구 물어 봐, 젊은 과부 개살이 가기루 누

가 마다리. 찟, 허긴 후분이 좋을라건 홀루됐으리, 계집의 팔잔 됨박

같다드라만.”

“다아 귀찮아, 냉큼 그일 따라나 갔음.”

아쉽고 허전키만 했다. 그만 느꺼움이 기뜨자 눈물이 끓어올랐다.

“김동이가 보겠다, 하루에도 청기와 집을 지었다 헐었다 하는 알량

한 어미.”

언니는 동생의 등을 어루만진다. 김서방댁은 매무시도 되는대로 퍼

벌을 한 채 얼굴을 가리는 게였다. 어깨가 가늘게 들먹인다, 벅죄 통곡

하고 싶은 순간이었다.

계집 스물 다섯이라건 한창일땐데 저렇게 허탈이 되다니, 열피리처

럼 청정하든 모습은 갈데없이 풀이 꺼졌다. 마음의 고인돌이 빠졌기로

저렇듯 뜻 둘 곳을 몰라할까, 그만 언니도 코허리가 저려드니 눈이 쓰

려진다.

뒤란 배나무 가지에서 까치 소리가 짝짝 울려온다. 어느새 가을햇발

이 누엿누엿 앞산머리에 걸리어 메를 끄슬릴듯 붉다, 땅거미 짙어지는

울타리로 선선한 바람이 엉깃을 스쳐 지내간다, 모두가 이 터전에서

자라나는 어린 시절을 추억 시키는 호젓한 저녁 풍경이 눈에 안긴다.

한집안에 태어나, 찍하면 동생끼리 황당 싸워가며 자랄때는 이 집만이 영원히 제몸을 의지할 곳인줄만 여겼것만 인제 때로 추억이나 즐기게스리 동으로 서으로 자리를 갈마들어 가지고 남을 위해 구듭을 치르게 마련인 것이 계집으로 태어난 운명이란 것일까, 그건 떳떳한 일이라 치고라도 그나마 남편을 의지하고 따르는 기쁨조차 한 때 인듯, 제 몸을 간수하기 주체스러워하는 동생을 생각할 때 하염없는 슬픔이 마음속에 자리를 잡는게였다.

스물에 출가를 했었다, 계집이 스무살이면 그만저만 어이었을 나이였만, 아버지는 생각이 많아 그냥 내처둔 것이었다. 맏딸을 열여섯에 나이가 곱절이 넘는 후취자리로 밀어넣은 뉘우침에서 그러한 것이었다. 한가지 의식걱정이나 없었지 이렇다고 내세울 것은 한 가지니 없었다, 첫째 나이가 층이지고 게다 전실 소생이 있고. 그저 사람이 어리무면하고 또 가문이 도저하고 하니 그만했으면 하고 별 궁리 없이 어버이가 점지하는대로 시집이라고 간 푼수였다.

한데 딸자식이 차마 입에 내어 말은 않으되, 친정에 왔다 돌아가는 마당에는 번번이 치맛자락이 눈물씻개가 되는 것으로해서, 모르면 몰라도 딸에게는 어딘가 회한이 서리었다고 짐작이 감에서, 아뿔사, 괜헌 짓이었든가 보다고 그러다릴수 없는 뉘우침이 앞을 콱 막든 것이었다.

옛말일테지만 가난에 물린 한 어버이가 딸의 장래를 생각해서 미거한 것을 그대로 어느 후근한 후실로 집어 넣었겠다. 솜털이 부르르 한 것을 가져다 귀밑에 서릿발이 희끈거리는 그런 늙다리에다가 얼러주고는, 어디 얼마나 호강이 지르르 한가보자고, 오랜만에 아버지는 송

곳 숟가락을 차고 딸네 집을 찾았겠다. 딸은 물론 아버지를 반기어 그 대접이 융성한 것은 물론이었다. 또 딸도 여간내기가 아니든가 보아, 그 차린 배반이 푸짐한 것은 좋았으나 한가지 밥 한 그릇이 지나치게 크던 것이다. 더도말고 꼭 함지박만한 그런 그릇에다가 지극히 공을 들여서 수북하니 밥을 괴였었다. 밥에 탐이 생겼든 참이니 어디 한번 잔뜩 자시라고……. 기가 질릴 일이다.

옛말이 옛말만 같지않게 왜그리 그를 압박하든지 몰랐다 그 무슨 욕이드람.

그래 작은딸은 마냥으로 늦잡고 서물을게 없어했다. 무어 맏딸 때문에 손을 데였대서 그럼만이 아니었고, 근래에 들어 보는바에 소위 소박데기란 왜 그리 흔하드냐 말이다. 다 남의 일 같지않게 겁이 더럭 드는 것이었다. 제자식 남을 들어 주면서도 이다지 마음이 쓰인단 말인가, 맹랑스러웠다.

그러나 세월대로 소학교를 마치자 읍(邑)에 있는 여학교 비슷한데로 보내가지고, 그나마 한두 해쯤 남의 흉내를 내어보다 이내 끌어 내렸다. 그만했으면 시집살이 간판을 마련한게니까.

아닌게 아니라 그 보람이었달지 중매를 내세우자 어렵지 않게 신랑을 중신해 주었다. 무어 문벌이니 재산이니 그런 것 따질 것 없이 당자가 전문을 나왔고, 게다 탐탁한 자리에서 봉직을 하는 터임에 처자 간수는 염려없을게래서 부랴부랴 서둘렀었다.

막상 당자들이 만족해 하는 눈치니 그만이었고 또 금슬이 화락해 지극히 원만스러웠든가 보았다. 했든 것인데 삼년을 잡아들던 해에 청

승맞게도 딸은 남편을 잃고 말은 것이다. 지금 아랫방에서 재잘거리고 떠벌이는 김동이를 남기고.

어른들보다 어린애들이 더 많이 이런 날을 즐거워 하는 법이다. 저녁이 바로 할아버지의 기일제이자 내일은 아버지의 회갑날이었다. 그래 딸이 모이고 외손이 모인 참이다. 시국이 다단한 이때 흥청거릴수는 없으나 그냥 지나치기는 섭섭하니 집안 끼리나 이날을 맞으랴 음식도 차리는 터였다.

떡을 치던 창삼이는 어느덧 어린애들 틈에 끼어 시시덕거린다. 네굽을 굼뜨게 움직이며 말 노름이 시작되자 뭇 어린것이 목에도 등으로 허리에 매여달리고 올라타고 한 채, 말이 굽을 놀리는대로 애들은 얼씨구 좋아라 신이 나서 우쭐거리고 야단이다. 범모리 호박떼기 쇠경놀이 별별 가지가 다 벌려지고, 그럴때마다 고사리같은 주먹을 내 들으며 통을 부리고 갸닥질을 치며 신이나 한다.

한참 복닥기다 그만 장난에도 물린 참인데 떡김 울림에 닭은 뤼하 얄테여서 "구구구" 닭을 부르는 소리를 듣기가 무섭게 쪼르르 밖으로 내 닫는다.

창삼이는 네 활개를 쭉 뻗고 벌렁 누워 천정을 바라보며 콧노래를 불러보다 벌떡 일어가지고는 다시 말놀이 그대로 엉금엉금 기어 웃방을 넘석 데미다 보고는, "후후" 새수빠지게 웃어 제겼다. 가랑잎이 바람에 굴러도 웃고야마는 그 무렵의 생리(生理)였다.

"아이 깜짝이야."

하염없이 생각에 잠겼던 누이들이 눈을 할기죽 흘기었다.

“허, 허, 아주 의초가 좋은데.”

이번엔 너털 웃음이었다.

“요것아, 그게 무슨 웃음법이냐.”

“영웅 웃음! 허, 허, 허.”

이번엔 불어 내는 헛웃음이었다.

“영웅? 저게 앙큼하긴 흐흐.”

어이가 없어 누이들도 웃고나서

“요것아, 새실새실 말구 돈을 뒤져가지구 뛰든 얘기나 좀해라.”

하고, 맏누이의 말인데, 작은 뉘도

“참 어디어딜 갔었니, 나두 너처럼 훨훨 떠돌아나 봤으면 싶구나.”

라고 졸랐다.

“저저마다 마구? 그 다아 이 주사같은 영웅이나 허는 일이지.”

“에구 요게 까불긴, 이번엔 주사냐?”

“그러지 말구, 어디 좀 듣자, 세상 박람이 어떻든가 말이다.”

누이들이 구슬러 가며 말하는 바람에

“세상천지 넓구 희한스럽구 야단스런 일 많구 그렇지 뭐.”

하더니, 야곰야곰 끌리어 들어, 집을 떠나가지고 도는 동안에 서울이
며 평양 개명은 물론이오, 멀리는 원산까지 비잉 돌았고, 아버지 돈을
축냈다고 하지만 그맛 돈 오십원은 한달 장간에 거덜이 나더란다.

그래가지고는 제 팔뚝에 매달리어 살아가게 마련인데, 처음 요량보
다는 그리 어려운 일도 아니어서 주먹 하나만 들고 대읍처를 무른 메
주 밟듯 했다는 것이다.

“그래 그렇게 좋을라치면 이마적 되돌아 온 건 무어냐.”

하니까, 그 말이

“어머니가 그리워 돌아왔죠. 아무래두 고작 알뜰헌게 어머니든걸, 허허.”

하고는 그뻗으로 내처 걸으면 난장판으로나, 기껏 남의 집 뒷치개질꾼으로나 떨어지기 첩경 쉽겠고, 자칫하면 신세를 좁히겠기 허겁지겁 돌아왔노라고 했다.

“그래 어떠오, 그만했으면 영웅이지, 허허.”

하고, 궁둥방아를 찧으며 주저 앉는다. 그 서슬에 모다 웃었다. 역시 그 어리광스럽고 야살스런 속에도 남이 넘겨다 보지 못할 엉뚱한데가 있다고 누이들은 내심 반가워 마지 않는다. 아버지며 또 그 아버지의 선조들이 지니던 슬기로움이 창삼이에게서도 방불하기 때문이었다.

“콜 졸졸 흘리든게 글쎄……”

뉘들은 허리를 꺾어가며 웃다가 눈을 드니, 문밖에는 어머니도 서서 따라 웃던 것이다.

흰 소복으로 갈아입은 어머니는 보기만도 후덕한 늙은이었다. 평생에 고생만이 무진했으되 다소곳하고 어려운 일을 즐기어 치러가며 집안을 다스리고 가풍을 도저하게 높이었다.

더구나 조상에게 대한 정성이 지극해서 근엄하기 이를데가 없었다. 옆에서 보면 번거럽달만치 절차를 지켰다. 모다 선조를 애끼고 위하는 효성이었다.

그게 어느덧 가풍이 되어 어린애들까지도 자라면서 그 습성(習性)에

젖어가지고, 가령 오이가 열리고 차모이가 익고, 옥수수가 제철이 됐기로 조상에게 천신을 하기 전에는 눈도 거들떠 보지 못함은 물론이오, 모든 범절에 그런 엄한 예절 속에 자라난 딸이며 아들이었다.

“오랜만에 다아 모이니 오늘은 사람 사는 집안 같구나.”

어머니는 앉을 사이조차 없이 분주히 다니시면서도 자식들에게 눈이 가는게다.

“아버지 환갑이 커서 왔지 뭐.”

작은딸이 좀 뾰로통해 하는 대꾸다.

“세월이 어느때라구 환갑잔치냐, 제사가 되다보니 음식두 옛날 흉내나 낸다만.”

“며누린 참 두구 볼말야, 할아버진 황천에서 오시는 길이 발 가든 허실걸 오죽헌 며누리신가, 호호.”

“애두 철없는 소릴…… 그래 참 어떤 어른이시냐, 일찍 돌아 가시기만두 섭섭한데, 제사 흠향도 못 허서서야…….”

말하는 어머니는 가는 한숨조차 짚는다.

“할아버지가 세상 떠나시던 날 아버지는 세상이 나셨다지 그거 야단스런 일이었겠네, 하하.”

무망중에 창삼이가 그런 말을 해 놓아서 모다 웃는데, 어머니만은

“여북들 허셨겠니, 지금이니 웃음이 나오지 그래두 할머니가 졸연찮으신 분이어서 세사를 붙들어 갔었지.”
하고, 혀를 끌끌 챈다.

“당신 아버지도 보지못한 아버지!”

“자식 같으니라구.”

“<u>흐흐</u>.”

“어머닌 겨우 세 살, 아버진 갓난 애 누이들두 형님두 아니낳구, 나두 없구 그거 생각만해두 우습네.”

“<u>흐흐</u>.”

“원, 이앤 누굴 닮아서 그리 새실새실허는지.”

방안에 다시 웃음소리만 이었다.

워낙이 넉넉지 못하든 살림이 아버지가 덜컥 돌아가시고 이미 수족이 지친 할아버지 밑에서 젊은 홀어미에게 길리어 나는 동안, 가사는 점점 구겨져, 언제까지고 오도간한 그대로였다.

한 가지 게게승승해서 가성(家聲)을 보유하던 그 전통의 힘이랄까, 그 애옥살이 속에서 용하게도 살림을 지탱해 간 것이었다.

가령 젊어 한창인 홀어미가 혼자 늙기가 야속타던지, 살림이 간구하대서 지청구를 올리다가 개살리를 가 가지고, 자식에게 눈칫밥을 먹이었거나 했을 말론 어이됐을까, 신세가 따분했을 건 두고래도 아예 땅을 쳤을지 모른다.

모두가 어머니의 어진 덕분이었다고 그는 창발해 가면서야 그런 분별이 들었고, 한 번 크게 깨닫자 풍한서습을 가리지 아니하고 그저 일로 말았다. 기울어지는 세사를 바로 잡았고 나아가서는 바탕을 늘렸다. 아무리 가달진 구메 농장이라도 그의 손이 가고 보면 개량된 논이며 밭이고 했었다. 소를 기른다 돼지를 친다 닭을 놓는다. 그의 손이 닿는 것은 모조리 가세를 알뜰하게 만드는 밑천이 되던게였다. 그러구러 하는 사이 인근 향당에서는 범사에 의표(儀表)가 됐음은 물론이어니와, 천생 겸허(謙虛)해서 참되게 살아가자는 진실뿐이었지 자기의 생활철학이라든 그런 것을 남에게 강방하는 법도 없었다.

그렇다고 그를 무지막지한 농투산이로만 알아서는 아니된다. 청경우독(晴耕雨讀) 그대로 짬짬이 옛글에도 섭렵해서 판무식꾼은 아니었다. 비록 손은 갈구리 같을 망정 붓대를 댕겨쥐면 깨끗한 글씨체로 곧잘 휘갈기는 게여서 군청이나 면소라든 그런 관청에서 그런 경우가 있을 때마다 걸볼안이 아니라고 혀를 내물으는 일이 두간했었다.

그저 어머니 덕이라고 했다. 그렇게 어버이를 생각하면서 또 자식을 돌보는 게였다. 역시 두둔하고 싶은 것이 자식이었다. 곡식은 남의 것이 돗되 뵈이고, 자식은 제것이 그 중이라는 세상인심이지만, 아닌게 아니라 어느 새끼니 열을 묶어주기로 바꿀까 싶지 않았다.

그렇게 귀여운 자식 가운데 그만 남편을 어인 딸이 있다. 아버지는 이 자식을 보는 순간처럼 딱하고 마음이 언짢은 때는 없었다.

"고 장대같은 어린놈을 의지라구 평생을 늙혀 새파랗게 젊은것이 게다 세월이니 여북 팔절두 달라졌나."

생각만해도 난감스런 일이었다. 아예 딸의 일따위 염두에 두잘것이 없다는게 이마적엔 그의 심경인지도 모른다. 윈경 늦은경이라고 보지 않음이 마음속엔 안존했다. 그래 엔간한 때가 아니고서는 딸의 발길을 꺼려했다. 제 시댁이 있으니 어련하랴, 출가외인(出嫁外人)이랬으니 내 아랑곳 있으랴, 부러 마음을 모질게 먹어 보는게였으나, 그러나 그닷없이 눈앞에 밟히는 딸의 고독이라든 그런 것이 언제까지든지 머리의 한 구석에서 사라질줄을 몰랐다. 역시 옛날 어머니의 희생이라던 그런 것이 뼈저리게 아로새겨진 까닭이다.

그래 방금도 부인더러 하느니 딸의 걱정이었다.

"그 애가 제 집안일은 잘 거들었다."

"여간허든가요 애가 본시, 헌걸 가져다 무슨 팔자가, 참. 궁합이 맞잖아 그리된지."

"쩟, 제발 그뻔으루 가 줬으면!"

"그릴 말룬 작히나."

"오래 끼구 있질랑 말구 곧 돌려 보내라구."

"원, 오기가 무섭구려."

부인은 버럭 역심을 내고 돌아서던 것이다. 서로 뜻을 모름이 아니련만, 괜스리 마음이 무거워 지는게여서 어서 돌려 보낼 궁리가 앞서는게다.

어버이 정이란 이런 것일까고 지금도 자기 하나 때문에 여망없는 앞날을 바라보며 애면글면 악을 쓰시다 헛되게 돌아 가신 어머니를 생각할 때, 무어 한 가지니 마음 흐뭇하게 해 드리지 못했음이 한이 됨에 이런 제사에 범연할 수가 없었다.

아버지는 이런 생각에 잠겼다가 안방을 대고 창삼이를 불러냈다.

"무어냐, 저 네 형더러 축문(祝文)을 닦으라고 일러라."

하고 문갑에서 손수 깨끗이 씻은 벼루며 백지, 붓을 것질러 내여 밀었다. 둘째의 손을 거쳐 맏이에게 분부를 함이었다.

창삼이는 공손스레 그것을 받아가지고 자리를 일자니 웬 셈인지 또 마음속이 간지러운 듯 웃음이 터지랴기에, 안뜰로 들러 서는 맡에 건 넌방에 대고 “형님!”

하고, 야무지게 불러부터 놓고 방문밖으로 다가서며

　“형님 축문 쓰시랍디다. 여기 지, 필, 묵, 역세랑 다아있으니……”

　창을 밀고, 형, 창일이는 문밖에 새롱거리고 섰는 동생의 눈을 피하며

　“아버지께서 쓰실 게지 왜……”

　그건 불에 데인 사람처럼 당황과 낭패가 교착한 낮빛이었다.

　창삼이는 복받치는 웃음을 참을 길이 없어 돌아선채 대구 웃었다. 한번 터지자 웃음소리가 허황스레 커질수록 형은 허옇게 질리어진채, 그 사람의 속을 알속들이 꿰뚫어보는 듯한 동생을 흘기다가 제야 열적단 듯이 씩, 웃어 버렸다.

　결코 처음 당하는 일은 아니면서도 창일이는 이때처럼 옹졸스러지는 건 없었다. 축문을 씨이는 아버지의 마음을 너무도 똑똑히 들여다보기 때문이었다.

　글쎄 어떻게 써얄지를 모르겠습니다 하고, 어떻게든 둘러댈수가 없을 건 아니나, 그런 것을 인제 아버지 앞에서 뻔뻔스레 따지기는 매우 거북스런 일이 아닐 수 없는 것이, 나이 이미 삼십을 바라보는 지금에 그건 확실히 땀이 날 노릇이기 때문이었다.

　그런 예류란건 노상이 설부른 것만은 아니어서, 어린때부터 춘추간 산때와 젯날이면 귀에 못이 박히도록 들어온 것이어서 가령 유세차(維歲次)하고 시작되는 그 서두에서, 축을 끝맺는 상향(尙饗)이라는 구절까지에 어렁칙하게나마 연락이 취해지긴 하나 그것을 종이에다 옮기기

에는 심히 모호했었다.

객스럽게 그까짓 축문이란 다 무어냐고, 집어치면 그만일 것이지만 이즘의 창일이에게는 그렇지도 못했었다. 한긋 완고스럽고 고루하게만 여겨지던 아버지에게서 아름다운 점을 찾는가 싶었고 아버지가 지니는 모든 것을 아름다운 풍습의 한 가지로 간주할진댄, 그것은 곧 우리의 또 나아가서는 동양이 가지는 한 가지 전통이 아닐수 없을게라고 그러한 것에 적지 아니 관심이 가던 까닭으로 새삼스레 천박스런 자기의 지혜에 그만 낯이 붉어지던 것이었다.

가령 축문이라든가 지방(紙榜)이라든가 하는 그런 것은 지극히 간단스런 관례임이 틀림없었다. 다직 몇 분 동안이면 넉넉히 이해할 것이오, 딴금으로 옮기고 쓰고도 할, 그맛 정도의 것일 것이었다.

헌데 그것을 터득 못한 채 무심히 지내처 온 경박함이 이런 마당에 속속들이 들어난 것이었다. 게다 창일이는 버젓한 누대 장손이 아니더냐, 그러기에 아버지는 언제부터 떡먹듯이 이르는 것이다.

"그런 것 알아두기가 그리 끔찍이 싫을 건 무어냐, 그맛 것 배워둔다기루 내 치수가 떨어질 것두 아닌데……"

이런 핀잔이었고 또 어머니는 한 술을 더 떠

"어미 애비가 저승에서 오기루 어느 뉘가 냉수 한 모금을 부어 놓겠기 그러시우." 이렇게 노여워 하셨다. 이를테면 봉제사를 시들하게 여기는 자식이며 며느리며 네 알아들으라는 경계였다.

아닌게 아니라 창일이는 그런 일에는 대수롭지 않게 여겨왔고, 그런 자리에 들어서길 즐겨 아니하고 몇 번 들라치면 준절이 타일러 왔다.

그러나 막무가내로 빗가는 자식더러 한두 번일세 말이지 번번이 악다구니를 하는 수도 없어 그만 못 본채 버려두는 것이었다.

아버지만한 자식이 없다더니 옛말 그른데 없다. 고 문중 사람들도 혀를 끌끌 찼고, 식자우환이란 이를 두고 한 말이라고 아버지는 쓸쓸해 하셨다.

창일이는 동경 어느 대학을 나왔었다. 처음에 아버지는 말지기까지 팔아가며 주변을 해가지고, 중학을 끝막아 주고는 짐을 벗어 논 듯 가든했었다. 무슨 자식의 덕을 본다는 그런 생각은 고물도 없었고, 부모된 도리에 떳떳스런 일이라고 여기던 것이다.

무어 큰 벼슬자리야 바라랴만 남들처럼 군청이라거나, 금융조합이라거나, 하다 못해 면소같은 데라도 봉직해 가지고 남의 거듭을 해주었으면 싶었다.

한데 자식은 슬그머니 동경으로 뛰어 가지고는 아직도 부족하니 좀더 배우겠노라고 그런 사연의 글발을 받은 때 아버지는 적지 아니 심란스러웠던 것이다. 그 공부가 부족하다니 모를 일이었다. 한 가지 어떻게든 자활(自活)을 해 보겠노라는 말만은 대견스러웠으나, 공부가 월등하대서 만사에 투철하랄 법은 없다는 것이 아버지 생각이었지만 어차피 내친 걸음이니 두고 볼 뿐 했었다. 그러고도 부모된 도리에 자식이 딱한 정경을 염려하고는 힘에 부치는 학자를 무간이 보내 주던 것이었다.

방학마다 또박이 삼년을 기다렸으되 도무지 창일이는 돌아올 줄을 몰랐다. 처음에는 노수가 딸리어 그런가 보다고 늦잡고 지냈으나, 삼

년이 되자 그들은 아니 다지 않을 수 없었다. 더구나 며느리 보기가 대단 민망스러워졌었다.

혹시……? 세상에 지천한게 계집이라는데, 그걸 뉘가 알어 며느리는 당장 소박을 맞는 듯 안절부절 가시방석에 나앉은 것처럼 시어버이를 들볶았다.

그래 하마에는 마구 창일이를 끌어 내인겐데 막상 대하고 보니, 범절이 떠날 때 그 대중이었지 무어 이렇다고 달라진데란 없었건만, 동네 수다쟁이들은 무슨 기수를 채고 그럼인제 짓고 쓰고 까부는 이야기란 자못 놀라운 것이어서, 창일이는 동경에서 딴 계집을 했다느니, 조강지처를 버리리라거니 뜬 소문이 자자했었다.

워낙이 뜨갓이 미인듯 그저 소 닭 쳐다보기 같은 그런 부부이긴 했었다. 어쩌면 부처 오누이란 말이 있거니와, 말이 없기로 유명한 그들이었다. 하로 종일가야 손으로 헤일수 있는 그맛 것이었다. 새침한 채 다소곳하고 일만 알고, 무던하고도 규모가 째인 그런 아내였고 속으로는 무슨 육조배포를 하는지는 모르나 꼭 꿀먹은 벙어리라는 그런 고요한 남편이었다.

그냥 한두 달만에 창일이는 훌쩍 동경으로 돌아갔지만, 그후 겉으로는 그댓 눈치는 뵈는 법 없었으나, 며느리에게는 때없이 가는 한 숨이 잦은 한 가지 시름이 덧치었었다.

―임자를 싫다는 건 아니오, 한 가지 무식하니 걱정이 아니오, 소같은 짐승이라면 또 모르겠지만, 사람이 천생 발바닥이라서야― 그래 며느리는 시아버지 앞에 꿇어앉아 천자를 배우기 시작했고, 국어 독본을

들고 이웃집 코흘리개 소학생을 찾아 다니었고 했다. 기막히고 경치게 까다로운 것이 글이었다. 생전 일에 들어처서는 못해 내일 것이 없을 가보든 그런 슬기로운 며느리에게도 역시 글공부에 들어서는 골치를 앓던 것이었다.

그런데 다행한 일로는 그 줄로 애가 들어서 멱둥구미같은 아들을 낳아 놓았음에, 인제 파고 서운 당나무라고 부모네도 근래에 오른듯 묵은 한숨이 한꺼번에 나왔었지만.

한 세상 사는 동안, 즉 한 사람이 나 가지고 자라서 늙어가는 그 사이라야 그껏 육칠십년이라는데, 그 동안에 세파를 헤치고 헤어나가기가 얼마나 힘든 일이라는 것을 어버이네는 다시금 느끼던 것이다.

오년을 채워가지고 창일이는 돌아왔었다. 부형이 또박또박 대어주는 학비 가지고도 공부를 못내 채우고 파방치는 축이 수두룩한데, 고학을 해가며 대학을 마치다니 희한스런 일이라고, 근방에서는 추존이었고, 아주 선영에 꽃이 피었다고 떠받들었다.

어디 어떤 벼슬자리에 오르나 두고 보자고 뭇 시선이 집중될 것은 물론이었다.

그러나 한 두달이 지나기로 별 동정없이 한양으로 흔들흔들하는 창일이를 보는 그들도 끝내는 피식, 웃고 돌아서며,

"그러면 그렇지, 개천에서 용 났단 말 못 들었네."

하고, 옛붙이로 내리 깎았고, 대학을 나왔기로 별 수 없다는 게였다. 아닐 말로 무슨 강습소야, 무슨 양성소야 하는 그런 째바리 공부 가지고도 더끔더끔 월급으로만 나가니 그만 아니냐는 것이다.

어버이도 자식의 속을 지숙못해 답답스러웠으나, 그렇다고 척 입밖에 내어 캐묻는 수도 없었다. 부모게도 자식은 어려운 존재였다.

그러나 정작 괴로운 편은 창일이 자신이었다. 잡힐 손 좋은 과(科)로 할 것을…… 세월없는 문과를 택한 뉘우침도 없지 않아 있었다. 대번 건강에 영향이 있었다. 밤낮 시들부들해 앉았는 품이 아내의 눈에도 영 딱해 뵈든지

"차라리 동경에라두 떠나 보시죠."

하는 애절한 말이기에,

"글쎄 그리나 되면 작히나……"

하고 창일이는 혼자 주어리던 것인데, 아내는 인제 그맛 노자에조차 군색해, 손길 맺고 앉았음을 지레 짐작했음인지 남의 눈을 기어가며, 명주필, 무명필, 그런 옛날 의론밑에 넣어가지고 온 세간을 팔아 돈 백 원이나 좋이 마련해다 내놓았다.

창일이는 우선 반가웠다. 남편을 아끼는 아내의 정이란 이런 것인가 고 느끼며,

"고맙소, 무능헌 사람을 못먹어 하잖기 많두 큰데."

오랜만에 웃음까지 뵈든 남편이었다.

창일이는 고날 밤차로 홀가분한 행장을 꾸려들고 정거장으로 뻗는 시굴 신작로를 언제까지고 걸었다. 동경으로가 아니고 신경을 찾을 참 이었다.

게서 지금엔 만주국 신질서 건설에 애쓰고 있는 벗들을 찾자 함이 었다.

　그후 창일이는 간간이 평안하노라는 대체에 기별뿐이었지, 무엇을 하며 어떻게 지내노라는 그런 자상한 소식은 없었던 것이었다.

　역시 안정을 얻지 못하고 방황한 푼수였다. 남의 등뒤에 서서 사업이 될 듯, 돈벌이가 될 법해, 괜히 서슬이 나서 쏘댄때고 있었다. 그렇게 또렷한 목표가 없었음에 앞날의 계량이 있을리도 없어 필야엔 천량판이오 만량판이오 하는 그따위 건설방이 틈에도 끼아처 본 바, 역시 밑천없이 덤빌 것은 한 가지니 없어, 개개 허탕을 치고는 끝내는 지지리 못난 행색으로 오도간이 앉아 핏기질린 흰 손을 굽어보며 고향을 받은 것도 그 무렵이었다. 한 가지씩 자신을 응시하고 매질하는 반성이 생겼다. 허고 긴날 어정자비로 지낼 수도 없음에 그만 과거와 결별을 하고 좀 더 새롭고 구체적인 명확한 길을 찾고 싶었다. 언제까지고 자기도취에 빠졌다거나 무위와 념담으로 일삼을 때는 벌써 아니었다. 그렇다고 갑자기 앞이 탁 트일것은 물론 아니어서, 한때 차질(蹉跌)이 생기고 고됨이 있더라도, 그건 자신을 북돋우는 힘이 될게오 기회가 될 것이다. 반드시 그건 실속이 있고, 생산적이오, 건설적인 그런 생활로 옮아갈 것이고, 그게 또한 자신의 설 자리가 아닐까, 자신에게 충실하고 보면 집안을 위해, 나라를 위해 충실함이 될 것이다. 마음에 그런 것을 뇌까리며 창일이는 아버지의 회갑을 기회로 황황이 돌아온 것이었다.

　삼태성이 잔뜩 높이 솟았음에 밤도 으슥해 자정이 지났을까 보다. 창일이와 창삼이는 건넌간에서 가지런이 누어 두런두런 이야기를 주고 받는게였다.

"……그러게 사람이란 철나자 망령 난다는게야 이십대와 삼십대의 헴수가 달라진다는 건 나이 값으루 세상물정에 분별이 생기는 증거일 게지만, 경계가 멀끔해 간다는 건 한긋 슬프기두 헌 일이지, 이미 늙어빠져 앞날이 얼마 가리잖았으니까, 일테면 체험 경험을 통해 사람이란 세상을 알아간다지만, 투철한 지헬 가진이의 지실 받을수록 헷수구는 덜린단 말이다. 꼭 제 스스로가 겪고나는 것만이 산 지식은 아닐테지."

"네."

"형두 인제 도시생활의 냄샐 그만 풍겨야겠다. 그 새만 해두 제 설자리를 못찾고 길거리에서 오구가는 사람에게 이리저리 떠다밀렸지, 진작 제 갈길은 제발 밑에서 시작될 게 아니냐, 별게 될게 없어, 제 환경 속에 정성과 최선을 다해 천명을 기다리는 것이 가장 현명한 삶이오 또 떳떳한 도리란 말이다. 듣느냐."

"응."

"네가 한때 집을 뛰쳐났었다는 것 그건 좋아, 꿈많은 시절에 꿈을 따라 헤맨 것은…… 또 돌아올 기약이 뷈에 돌아온 그 심정이 갸륵했더니라, 무어냐 널 상급학교두 공불 더 못 보냈음이 유감이다만, 쩟, 논밭 팔아 공부 시킬건 없다구 허시던 아버지 말씀을 인제 짐작 하겠더라. 참 우리 아버지 훌륭허시니라, 산전수전 다 겪으신 그 눈물겨운 과거 일사가 거울이 됐을게지만, 우리 가성(家聲)의 힘이 큰 줄 안다. 전통이란 실로 귀한게여, 우린 자기곁에 아름다운 전통과 풍습이 있음에도 불구하구, 너무나 서양의 물질문명과 과학만을 옳다구 소화두 식히지 못한채 그냥 우리 생활에다가 뒤섞어 논 것이 많단 말이다. 그

물질문명을 가지구 동양을 정복하라든 야심을 단매에 때려엎은 우리 나라의 힘을 무엇으로 해석할게냐 말이다. 그건 정신의 힘이야 그 정신이란 건 전통이 없이는 생기지 못하는 것이란 말이다. 신도(神道)의 정신이라든가 불교(佛敎)의 정신이라든 그런 것이 백성의 생활속에 속속들이 스미어 들어있단 말이다. 그 정신은 원동력이 되어 생활에 철석같은 규율을 짓고 아름다운 형식을 꾸몄다. 한 잔 차를 마시는데도 일정한 예투가 있다. 형식이란 번거롭다고 첩경 생각하기 쉽지만 그런 형식이야말로 놀라운 정신을 결정시킨단 말이다, 자니.”

“아니.”

“그래 이쯤 와서 나는 아버지와 어머님이 선조에 대해 끔찍스런 정성을 다하는 뜻을 알겠더라, 경신숭조(敬神崇祖)하는 정신, 그것은 우리 나라의, 아니 동양의 크나큰 전통을 형성하는 근본이란 말이다. 저녁 때 나더러 축문을 닦으라 하신 그 뜻을 알게 아니냐, 뻔헌 일이지 네가 또 그걸 내게다 들이밀며 웃었겠다, 그게 비웃임이 아니련만 역시 알구 있었지.”

“후후.”

“그러게 인제부터나 부모님께 한 번 섬겨 보자, 누이들도 모였구, 했으니 우선 내일 환갑잔치는 곧 우리 아름다운 가보(家譜)를 말하는 자랑이 될 것이다, 이 감격을 그냥 우리 생활 속에 살리잔 말이다. 나부터 이런 시굴에 묻힌다면 남은 웃을지 모르겠다만 그까짓 대수냐, 인제 농촌에서 평범헌 생활을 해 보란다. 물론 허투 헐순 없을테지, 이 풍습(風習)속에 우리가 지닌 지혜란게 어떻게 영향할는지는 의문이오

또 모험같기두 헐게다만 힘껏은 해 볼란다. 어니 것이나 나라에 봉공
이 아니겠느냐, 이렇다 헐 데를 모주리 돌아본 바에 그래두 제 고장이
정작이겠더라. 네가 집을 떠났다가 돌아온 것 허구는 경우는 다를지
모르나 결과는 같을 게다. 이건 무슨 귀농(歸農)이라든 그런, 벌써 남이
한 차례씩 울궈먹은 지혜를 새삼스레 되푸는건 아니구, 이렇게 살다가
기회나 좋을라치면 도시루 뜨기루 좋을게 아니냐, 그 다 사람될 나름
이지 시굴에 묻혔다구 빛나지 말란 법은 없으렸다 음, 새루 한 실 치
누나, 곧 제사 지낼 시각일가부다, 졸리냐.”

“……”

“졸리면 여니와 오랜만인데 제사에 참여해 보잖을라 그만 자눈.”

창일이도 크게 하품을 한 번 키고 돌아 눕는데, 미닫이가 바시시 열
리며 아내가 삽분 들어선다.

“주무시나 했더니.”

아내는 행주치마에 물묻은 손을 씻으며 남편의 동정을 살핀다.

“음!”

창일이는 그냥 알은체만 했다. 부엌에서는 달깡거리고 매(밥)를 올리
노라 분주하다.

“옷이 게 있거던 내 놓우.”

창일이는 목갈린 소리로 주어렸다.

“……?”

아내는 고즈넉이 웃고 나서, 한참동안 남편을 지켰다. “이 양반이 이
제야……” 생각만해두 마음이 가든했다.

"할아버님께서두 처음으루 흠향허시는듯 허시겠군요, 오랜만에 손나들이 다 뵈구 허시니."

"너무 늦었지."

"오죽 알뜰 허시든가, 호호."

아내는 마음이 싸서 창물을 열고 미리 챙구어 넣어 두었던 옷들을 포갬포갬 꺼내 쌓았다. 몇 해만에 섬겨보는 남편의 옷이었다.

"버선, 허리띠, 대님 서낀 옷세에 들었습니다."

일어서 문으로 나가랴다 말고

"도련님두 깨우실 걸."

하는 소리에, 창삼이도 설풋 들었던 잠이 깨어, 눈을 부비며 일어나 앉는다.

셋은 말없이 건넌 방에서 휘황이 춤을 추는 제상에 촛불을 바라보는 게였다.

(1942년 8월호)

멧돼지와 목탄(木炭)

··· 최인욱

단풍이 하늘을 덮은 좁다란 길을 진술(進述)은 오직 감격하면서 주임(主任)의 뒤를 따라 산골로 올라갔다.

「인제 얼마나 남았지요?」

둘이 다 한동안 말이 없이 걸어가다가 진술이 먼저 입을 떼었다.

「바로 저어기 연기 나는 곳이야. 이등대만 넘어서면……」

주임은 단장을 번쩍 들어 골짜구니를 가리켰다.

풍경이 이렇게도 아름다운 곳임을 진작 알았더라면 진술은 사장(社長)이 그렇게도 권고하기 전에 자원하여 가기를 원했을 것이지만 먼저 취임한 박이 석달이 못되어 사장에게 본사로 바꾸어달라고 간청한 것을 미루어, 사람 못 살 곳으로만 짐작하고 진술이 역시 당초부터 회피하려고만 하였던 것이다. 한데 정작 와놓고 보니 보고 듣는 것이 이렇게도 마음에 흡족할 수가 없었고, 또 그럼으로 해서 이곳을 마다고 한 박의 심리를 이해하기 어려웠다.

스물여섯 해를 도회지에서만 생장한 진술은 아직 산을 모르고 살아 왔다. 그 때문인지는 몰라도, 처음으로 산을 와서 보니 마치 딴 세상에 나 온 것처럼 바위 하나일망정 죄다 아름답고 신기한 것으로 보였다.

일찍이 보지 못하던 아름드리 큰 잡목이 꽉 둘러서고 잎사귀는 모 두 울긋불긋 오색으로 단풍이 들었는데, 그 속에서 이름도 모를 새들 이 이 가지에서 저 가지로 건너뛰며 가지각색 음성으로 우짖는다.

마치 길옆으론 시내가 철철 흘러내리고, 계변에는 군데군데 아름다 운 꽃이 저 홀로 청초하게도 피어 산을 더 한층 빛내고 있다. 그 사이 로 꽃 사이로 다람쥐들이 먹을 것을 찾아 이리 뛰고 저리 달아나고 하 는 광경, 그것은 바로 한 폭의 활화였다.

시내 건너편 굼테기에서는 젊은 새댁이 몇이 바구니를 옆에 끼고 나무 사이를 거닐면서 유창한 소리로 민요를 불러가며 흥겨워 웃고 떠 들다가 금세 찍소리도 없이 다소곳해진다.

「아— 덥다.」

주임은 모자를 벗어들고 손수건을 꺼내 활딱 벗어진 대머리의 땀을 씻으며

「여기서 좀 쉬어갈까.」
하였다.

진술은 그의 말대로 길옆 바위에 걸터앉아 양복저고리를 벗어 곁에 다 놓고 땀을 식혔다.

담배를 한개 피어 문 주임은 계류를 타고 내려가는 새댁들을 소리 쳐 불렀다. 영문을 모르고 주춤 서는 그들에게 주임은

「어디 좀 봅시다. 도토리 얼마나 주웠나.」

하고 히히 웃으며 농조로 말을 붙이니

「거 머루나 다래 딴것 있걸랑 좀 주구려, 나눠먹읍시다.」

하였다.

새댁은 저이들끼리 뭐라고 소근소근하더니 그중의 한사람이 이편으로 가까이 와서 앞치마 속에서 머루를 한 움큼 집어내어 두어발단 앞에 있는 바위에다 얹어놓고 도망치듯 달아났다.

주임은 만족한 듯 허ー허 웃더니

「서상, 이거 뭔지 알아요. 산중의 귀물 머루란 건데 자아 하나 자셔 보오.」

하며 그 중에서도 머루 알이 제일 오지게 달린 것을 한 꼭지 골라 진술의 앞에다 내밀었다.

「고맙습니다. 글데 이렇게 좋은 데를 박이 왜 마다구 했을까?」

진술은 머루 알을 씹으며 의아한 표정으로 주임의 얼굴을 건너다보았다.

「그건 그럴 이유가 있지, 꼭 그놈 때문이야, 그놈의 등살에 못 배겨 간 거야.」

주임은 알아듣지도 못할 말을 혼자서 중얼거리더니

「여기 탄부(炭夫)중에 힘깨나 쓰고 속아지 못된 놈이 한 놈 있습니다. 그래아니라도 내가 지금 서상한테 미리 이야기 하려 참인데 서상도 그 놈만은 주의해야 합니다. 그럴 내력이 뭐고 하니 이놈은 자칫하면 남을 둘러메치기가 일수요 또 놈이 거짓말이 일수라 아무 터무니없는 말을 교묘하게 꾸며가지고선 남을 중상을 시켜놓고 나서지요 박이 못 있고 간 것도 다 그놈 때문이죠.」

「그 사람의 이름이 뭔가요?」

「응 이름은 받들봉자 심을식자 김봉식이래지.」

진술은 대체 김봉식이란 어떻게 생긴 사람인지 퍽도 궁금하여졌다.

그로부터 반시간쯤 지나 두 사람은 숯 굴이 듬성듬성 있는 제탄장(製炭場)에 도착하였다.

길옆으로 있는, 유리창이 몇 개 달린 초가집이 사무소였다. 주임은 진술을 방으로 안내한 뒤 식모를 시켜 막걸리를 받아다놓고 술잔을 나누면서 진술이 앞으로 맡아볼 사무를 이야기하였다.

저녁을 먹은 뒤에는 인부감독을 시켜 삼십 여명의 탄부를 사무소에다 모여 놓고 주임은 그들에게 진술을 소개하고 인사를 시켰다. 탄부들이 헤어진 뒤 주임은 나이 사십 가량 되어 보이는 인부감독에게 진술에 대한 모든 것을 부탁하고 지시대로 잘 순종할 것을 누누이 이르고 나서 본댁으로 돌아갔다.

밤이 되니 산골은 물소리뿐이었다. 진술은 처음에 꼭 비오는 소리로만 들었다가 소변을 보러 나가서 하늘에 별이 총총한 것을 보고 그제야 물소리임을 깨달았다.

고요한 밤이었다. 인부감독이 곁에서 담배를 피우며 이렁저렁 이야기를 늘어놓았으나 진술은 귀담아 들을 생각도 나지 않고 어느 먼 섬으로 유형(流刑)을 당한 죄수처럼 다만 고적을 느낄 뿐이었다.

이때 밖에서 사람들의 수군거리는 소리가 나며 미닫이가 열렸다. 탄부들이었다. 어깨가 떡떡 벌어진 장정만 이십여명이 몰려와서 방이 비좁게 둘러앉으며 진술에게 새로 인사를 드리는 것이었다.

「저는 여기 탄부이온대 아무것도 모릅니다. 따라서 모든 것을 잘 지도해주시기를 바랍니다.」

그중의 한 젊은이가 머리칼을 쓸어 올리며 진술의 앞에 나와서 공손한 태도로 인사를 하였다.

얼핏 보아도 그 정기가 뚝뚝 듣는 눈방울이며 건장한 육체가 무얼 보든지 사나이다웠다.

「저 역 아무것도 모릅니다. 다만 제가 여러분에게 바라는 바는 서로 손잡고 협력해서 이 일이 유감없이 진섭되기만 바라는 바입니다. 여러분도 잘 알고 계시겠지만 이일은 일개인의 돈벌이를 목적한 것이 아니라, 적어도 국책적 사업입니다. 즉 나라를 위한 사업인 것을 알아야 합니다. 우리들은 전장의 병정들과 조금도 다름이 없습니다. 이점 여러분에게 부탁하는 바입니다.」

좌석은 묵도할 때처럼 잠잠하였다. 진술은 말을 맺고 고개를 들어 좌중의 젊은이를 쭉 둘러보았다. 이때 진술은 문득 아까 주임의 하던 말이 생각나서 그중에서 김봉식이란 사람을 찾아내보려고 하였다.

「당신이 김봉식이래죠.」

「네 그렇습니다. 제가 김봉식이올시다.」

진술의 생각한 바와 틀림없었다. 그의 앞에 나와서 인사를 하던 누 -런 국방색 노동복을 입은 사나이가 맞는 것이다. 진술은 두어 번 고개를 끄덕이고 나서 다시 한번 그의 얼굴을 바라다보았다.

좌중은 잠시 고요하여졌다. 그리자 미닫이가 사르르 열리며 술상이 들어오고 뒤따라「실례합니다.」하는 말소리와 함께 젊은 색시가 한분 술항아리를 들고 들어왔다.

진술이 영문을 몰라 눈이 둥그레 있는데

「미안합니다. 선생님! 아무 준비도 없이 무례한 짓이올시다마는 막걸리 한잔이나마……」

하고 역시 김봉식이 먼저 입을 떼었다. 그는 웃음으로 말끝을 흐리며 술잔을 들어 진술의 앞에다 내미는데 그것은 잔이 아니라 큰 사발이었다. 색시는 그 큰 사발에다 술을 가득히 찼다. 진술은 주객은 못되나 그대지 못 먹는 축도 아니지만 이렇게 큰 잔으로다 술을 먹어 보긴 생후 처음이었다.

진술은 간단한 말로 인사를 하고 술을 마신 뒤 그 잔을 도루 봉식에게로 넘겼다. 봉식은 술잔을 받아 담숨에 쭈욱 들이키고 나서 손가락으로 도야지 쪽을 하나 집어 소금에다 꾹 찍어가지고 어기적어기적 씹었다.

술잔이 한차례씩 쭈욱 돌아가고 나니 항아리는 비어나갔다. 그리고 또 한 항아리가 옮겨져왔다.

술이 얼근히 취한 젊은이들은 절로 술상을 두들겨 장단을 마쳐가며 노랫가락으로 청춘가로 양산도로 판을 얼렸다. 술은 얼마든지 들어왔다.

방아타령이 시작되었다. 봉식이 술을 다 비운 양철을 두드리며 소리를 멕이니 나머지 사람들은 모두 일어서서 거들거리며 소리의 뒤를 대었다.

달도밝다 달도밝다

아ㅡ 호호 방아야

오둥추야 달도밝다

아ㅡ 호호 방아야

저달이 저렇게 밝았으니

아ㅡ 호호 방아야

휘토록 마시고 놀아보자

아ㅡ 호호 방아야

이렇게 뛰고 놀기를 또 몇 시간을 하였는지 모른다.

판이 헤어진 뒤 진술은 불을 끄고 혼자 누어, 문제의 인물 봉식을 앞으로 어떻게 접촉해나가야 할 것인가를 생각하였다.

이튿날 진술은 조반을 마친 뒤 인부감독 박순필을 다리고 탄부들의 주택이며 그 생활 상태며 작업 상황들을 구경키로 하였다.

탄부의 집들은 사무소를 중심으로 하여 산비탈에 또는 천변에 일마장씩 혹은 이마장씩 거리를 두고 군데군데 산재해 있었다. 집은 모두가 토담으로나 아무렇게나 얽어놓았는데 이엉은 산죽(山竹)이나 새풀잎으로 다 이었었다. 방안은 어느 집을 막론하고 허리를 펴고 서면 머리가 천정에 닿을 정도로 낮았고 또 게다가 굴속처럼 어두웠다. 대개 방에는 낮에도 오줌이 가득이 담긴 요강이 그대로 놓여있었고 땟국에 쩐 이불에는 파리가 떼를 지어 웅성거리고 있었다. 바람벽과 천정은 흙을 이겨 바른 채로 도배도 하지 않았고, 방바닥엔 대를 쪼개서 만든 삿자리란 것을 깔았는데 어쩌니까 먼지가 풀씬 풀씬 올라왔다.

재목감이 될 만한 나무가 얼마든지 있는데도 불구하고 집을 이 모양으로 지은 이유는, 몇 해가 지나 제탄장이 다른 데로 옮겨지면 지금의 집들은 팔래야 팔수도 없고 아무짝에도 소용이 없어지기 때문이라고 인부감독 순필은 이야기하였다.

「그럼 저렇게 짓는 데는 비용이 얼마만큼이나 드나요?」

「비용이라뇨. 그까짓 것 이틀이나 사흘이면 다 되는 거, 재료가 들어야 돈이 들지요, 일한 품삯으로 따진다면 몰라 이삼원이나 될까.」

진술은 부락을 거쳐 작업장으로 올라갔다.

비스듬히 경사진 산허리에 숯굴이 무덤처럼 군데군데 박혔는데 지금 한창 굴뚝에서 연기를 뿜는 것과 아궁이를 열고 만들어진 숯을 꺼내는 것과 숯나무를 굴에다 쟁이는 것 또 일변으로는 숯굴을 만드는 것도 있었다. 그들은 어젯밤에 볼 때와는 딴판으로 온통 얼굴과 옷이 시꺼멓게 되어 이따금 하얀 이빨을 드러내며 웃는 모습이란 바로 흑인과 다를 바 없었다.

그들 중에는 김봉식이도 역시 그 모양이 되어 또 한사람의 탄부와 함께 탄표(炭俵)에다 숯을 달아 넣다가, 진술을 보고 꾸뻑 인사를 하였다.

진술은 그들의 일하는 양을 물끄러미 들여다보고 섰는데 순필이

「인제 나무 치는 데로 가볼까요.」

하여 고개를 끄덕이며 그의 뒤를 따랐다.

아름드리 큰 참나무가 꽉 둘러선 산마루로 올라가니 거기는 수 십명의 일꾼이 드문드문 늘어서서 웃통을 턱턱 벗어 재끼고 도끼로 혹은 거톱으로 나무를 치고 있었다. 이따금 나무가 벽력같은 소리로 「와직

근」하고 넘어가면 산이 우투렁 울린다. 그럴 때면 탄부는 으레 「이－
후후후」하고 뜻 모를 긴 소리를 한마디씩 뽑는다.

골짜기에는 서너자 길이로 동을 지은 나무가 무더기 집채같이 쟁여
있었다.

진술은 사무소로 내려오는 길에 담배를 피우며 인부감독에게 물었다.

「봉식이를 잘 아오, 겪어보니 사람이 어때요?」

「봉식이? 흥! 말두 마우 그 녀석 천하 망나니.」

순필은 더 말하지 않고 금세 못마땅한 상이다.

「그 사람 집도 여기 있나요?」

「웬걸요 저이 누이에 집에 부쳐 놓고 있어요. 저이 집은 충청도 어
디 있다나요.」

진술은 고개를 끄덕이고 나서 한참이나 있다가 또 물었다.

「일은 잘 합니까?」

「일도 못해요, 괜히 일도 잘 않고 건방만 피우지요.」

진술은 더 물어보려고 들지 않았다.

「그럼 고맙습니다, 인제 가서서 일보시죠.」

진술은 꾸뻑 인사를 하고 혼자서 사무소로 내려와, 전표와 인육들을
챙겨가지고 바로 곁에 있는 창고로 가서 일을 시작하였다.

진술이가 주로 맡아할 일이란 탄부가 구은 숯을 세어 받고 기장(記
帳)을 하는 것과 창고의 숯을 하산(下山)인부에게 세어 주고 전표를 떼
는 것과 탄표와 색기의 출납(出納) 임금회계 등이었다.

진술은 자기가 맡은 일에는 힘을 다하여 노력하였다. 자기가 맡은 일에 충실한 그것으로 삼십여 명 탄부들을 무언중에 교화하고 지도하려는 생각이었다.

탄부들은 낮이면 아침 일찍부터 저녁 늦게까지 소처럼 꿍꿍 일을 하였고 밤이면 거반 술집으로 몰려가서, 돼지를 잡고 술을 마시고 노름하고 싸움하는 것으로 판을 짰다. 이것이 일테면 그들의 생활 전부인 것이다.

돼지는 사흘들이 한 마리씩은 꼭 잡는 모양이었다. 진술이 저녁을 먹고 장부를 정리한 다음 누워서 신문을 보고 있는데, 조금 전에 도야지 잡는 소리가 나더니 그걸 가르느라고 그러는지 집 앞으로 연신 사람의 소리가 불절하였다. 가다가는 여자들의 소리도 났다.

그리다가 한동안 조용해지더니 순필이가 와서 진술의 방으로 고개를 디밀고 고기를 먹으러 가지 않겠느냐고 졸라댔다. 진술은 생각이 없다고 하면서 첫말에 거절하여 버렸다.

「아 갑시다. 가요, 우리까지 먹긴 안됐다고 날더러 기어이 모셔오라는데.」

그래도 진술은 일어서지 않았다. 순필은 좀 시무룩한 표정이더니 그대로 문을 닫고 가버렸다.

그런지 한 시간쯤 지나서다. 진술은 소변을 보러 밖으로 나갔다가 내친걸음에 바람도 쏘일 겸 아래편 술집으로 설렁설렁 내려가 보았다. 때마침 보름달이 낮같이도 밝은데 숲속에서는 부엉이가 울고 있었다.

진술이 술집 방문 앞에 다았을때 불이 환이 켜진 방에서는 이런 말이 흘러나왔다.

「아닌 게 아니라 사실 부아가 난단 말야. 아, 이 늙은 사람이 일부러 가서 오라면 오는 게 아니라 그냥 고개만 살랑살랑 어디 종내 그래 봐, 그냥두질 않을 테니.」

진술은 그것이 다른 사람의 말이 아니라 분명코 자기 자신에 대한 말인 것을 알았을 때 정신이 반짝 돌았다. 더욱이 그것이 다른 사람의 입에서가 아니라 자기에게 갖은 친절을 보이던, 뿐만 아니라, 서로 손잡고 모든 일을 의논해 나가야 할 바로 그 인부감독 순필이임에는 진술은 적지 않게 놀라지 않을 수 없었다. 그들은 지금 진술의 험담을 하는 판이었다.

「하긴 너무 뻣뻣하여, 제가 그럼 별수 있나, 그 까짓거 한 주먹이면 다아.」

이것은 전라도서 왔다는 키 후리후리 크고 낯이 길숨한 전 무엇이란 사람의 말소리 인 듯하였다.

「아따 잔소린 참 푸지기 하고 앉았다. 내, 말만 갖고 떠드는 사람 못 믿을네…… 안줜 술 이뿐요.」

이것은 또 누구의 말인지 분명 경상도 사투리인데 아직 취임한 지 며칠 안 되는 진술로서는 말소리만 가지고 단번에 누구인 것을 판명키는 어려운 일이었다.

진술은 발길을 돌려 사무소로 돌아와 불을 끄고 자리에 누웠으나 마음이 흥분하여 좀처럼 잠이 오지를 않았다.

진술과 인부감독과의 사이에는 아직 아무런 의사충돌도 없었는데

다만 오늘밤 그의 말에 응하지 않았다는 극히 사소한 일로 남을 그같이 모욕한다는 것은 진술로서는 아무리 생각해도 알 수 없는 일이었다.

주임이 미리 주의를 시키던 김봉식이 진술에게 가지는 바 태도 여하는 아직 알아볼 수 없었으나, 그는 기왕 무서운 사람이라 쳐 두고 오늘밤의 일로서 미루어본다면 무서운 사람은 결코 그 하나뿐이 아님을 진술은 알 수 있었다.

이튿날, 어제와 같이 제일 먼저 사무소를 찾아온 것은 역시 인부감독 박순필이었다. 그는 담배물부리를 점잖이 입에다 물고 방으로 들어와 자기가 먼저 인사를 하였다.

순필은 일부러 손바닥으로 방바닥을 만져 보아가며 하는 말이 언제나 다름없이 친절하였다.

「방이 차진 않습니까?」

「아뇨 더워서 잘 잤소이다.」

진술은 그의 말에 대답하고 골방에서 비를 찾아 내어 방을 쓸려고 하니 순필이 일어서며 자기가 쓸겠다고 가로맡아 나서는 것이었다. 진술은 한 두번 사양해보다가 그가 하는 대로 맡겨두고 자기는 벽에 걸린 사무소일지를 내려가지고 어제 날 기사를 하였다.

十一月七日 天氣 晴

요새는 連日 快晴이다.

人夫들은 아침 일찍부터 제각기 일터로 흩어져갔다.

今日中 作業狀況 及 需要品 出納數量은 如左하다.

木炭 下山分 割 一, 二三俵 丸 二,一六俵 込, 九八俵 計 四, 三七俵

製炭引受 二, 三八俵

需要品出納 炭俵 三, ○○個 繩八分 一○個

이밖에 숯굴이 一個所 破壞되었으나 被害는 없었고 그들의 努力으로 이날로 完全히 修理되다. 以上

이날도 진술은 종일 사무를 보고 밤에는 언제와 같이 누어서 신문을 보고 있는데 밖에서 인기척이 나는 듯하더니, 미닫이가 조심스레 열리며 젊은이가 한사람 나타났다.

「진지 잡수셨습니까?」

허리를 굽혀 인사를 하는 것은 뜻 밖에도 탄부 김봉식이었다. 그가 혼자서 더욱이 밤에 진술을 찾아온 것은 이번이 처음인 것이다.

「어서 오시오, 저녁 자셨소?」

「네 방금……」

봉식은 진술의 앞으로 가까이 와서 무릎을 꿇고 정중히 앉아 이렁저렁 이야기를 시작하더니 한동안 침묵이 지난 다음 고쳐 입을 열었다.

「그런데 제가 온 것은 다름이 아니라 선생님에게 드릴 말씀이 있어서 왔는데……」

「말씀 하시오.」

「선생님, 제가요 이런 말씀을 드려서 될까 모르겠습니다만 참 건방진 말씀이올시다만 저는 우리 삼십여 명 탄부가 모다 한마음 한뜻이 되어 가지고 병정들식으로 일을 하기가 원인데, 참 건방진 말이올시다만은 노는 날 외에는 술을 취토록 먹지말자, 노름은 절대로 하지말자 하고 늘 말을 해도 어쩐지 제 말은 들어주질 않습니다.」

여기서부터는 또 딴말이 나왔다.

「첫째 인부감독을 두고 말해도 사람이 아무 요량이 없어서요, 괜히 있는 말 없는 말 함부로 지껄여 가지고 남을 골려 놓기가 일수지오, 술을 안 받아주면 무슨 소리를 해서라도 남을 탈을 잡고 술만 자주 받아주면 주임에게 가서 아무개가 일을 썩 잘하니 품삯을 후히 주라고 하고 이 모양이올시다, 이 때문에 저하구도 여러 번을 싸웠습니다. 촌수로 따지면 주임이 감독의 이모부 뻘이 됩니다.」

진술은 그가 말하는 대로 응응 코대답을 하거나 고개만 끄덕일 뿐이었다.

「두고 말하면 사실 주임 역시 나쁩니다. 왜 나쁜고 가아니라 지까다비 배급이 나오면 자기네 일가친척부터 죄 갈라주고 나머지 몇 컬레만 가지고 이번엔 요것밖에 안 나왔으니 제비를 뽑아야한다고 서너 컬레 되는 걸 가지고서 사람을 수십 명 모아놓고 남 한나절 일을 구처 놓고 나서니 이것이 무슨 주임입니까, 이 때문에 저하고 한번 싸웠어요.」

봉식의 말은 이뿐이 아니었다. 주임이 전주에게서 보내온 돈을 가지고 탄부들의 간조를 걸러가면서 변리(貸金業)를 한다는 것과, 탄부들이 급히 돈 쓸데가 있어 마에가리를 하러 가면 돈은 취해주지 않고 일한 전표를 할인을 해서 자기가 사기로 하고 가령 전표가 일원짜리면 구십전을 쳐서 내어준다는 것과, 군청에서나 손님이 오면 술 한 잔 대접하고도 하기를 수십 원씩을 내는데, 먼데 있는 전주는 어찌되는 내막인지도 모르고 성적이 안올라간다구만 한다는 것을 쭉 이야기하였다.

「이러니 선생님도 그 내막 사정만큼은 대강이라도 알아야 할 것이 아닙니까, 그래야만 누가 옳고 그른 것을 알지오, 그렇잖습니까, 저는 모든 걸 새로운 선생님만 믿습니다. 그저 어떻게 하든지 이 법을 좀 고쳐야 하겠습니다.」

진술은 담배를 태우며 그의 말을 다 듣고 나서 처음으로 입을 떼었다.

「군에서 학교를 좀 다녔소?」

「네, 고향에서 간이학교를 졸업한 것뿐입니다.」

봉식이가 나간 뒤 진술은 한동안 우두커니 생각에 잠겨 있었다. 진술은 주임의 말대로 이것이 모다 봉식의 구변에 그치고 마는 것이라면 퍽 다행으로 생각하였다. 그렇잖고 만일에도 이것이 죄다 사실일 때에는 그도 역시 먼저 취임한 박 모양으로 이곳을 떠나든지, 그렇잖으면 일개 사무원의 자리를 떠난 거북한 입장에 나서지 않을 수 없는 형편인 것이다. 이것이 이미 사실인 것을 진술이 알고도 모른 척 한다면 오늘밤 자기의 앞에 나온 봉식의 주먹을 받아야 할 것이고 보다도 그에게 떳떳이 대할 면목이 없는 것이다. 어쨌든 봉식이란 사실로 무서운 인간인 반면에 재미있는 사람이기도 하다고 진술은 지금 그렇게 생각하는 것이었다.

산골에는 어느덧 우수수 낙엽이 지고 서리가 왔다. 날씨는 갈수록 고르지 못하고 때로는 싸락눈이 흩뿌리는 수도 있었다.

탄부들은 겨울이 되면 숯나무를 구하기 힘들다고 하여 지금부터 온 집안이 나서서 너도나도 나무를 치기에 바빴다.

군청 산림계에서는 눈이 와 빙판이 지기 전에 팔 천표 가량의 숯은 기어이 하산을 해야 한다고 매일같이 출장을 와서 가근방 부락민을 동원하였다.

진술은 그동안 두 차례나 인부감독과 충돌이 있었고 주임과도 한차례 말다툼을 하였다.

순필은 탄부를 지도할 입장에 있는 것은 말할 것도 없거니와, 더욱이 국민총력제탄소연맹 제이반장이면서 밤마다 탄부들을 선동하여 술을 마시고 노름을 일삼는다는 것은 진술로서 그냥 보아둘 수는 없었다. 이것이 그와 충돌하게 된 동기이기도 하다.

순필은 물론 진술의 경계를 듣기 싫어하는 눈치가 표면에까지 드러났다. 긴히 볼 일이 있기 전에는 사무소에도 잘 나오지 않았고 그전처럼 말도 잘 하지 않았다. 날로 틈이 벌어갔다. 그리고 또 주임과 말다툼을 하게 된 것은 언제인가 봉식이 하던 말과 다름없이 지까다비 배급에 불공평한 점을 발견하였기 때문에 그것을 규탄한 것이었다.

「탄부들은 지까다비 없어도 살아요, 짚신이면 족하지 뭘 그래요.」

주임의 이 말에 진술은 더욱 비위가 상했다. 진술은 시국을 모르는 이기주의자니 하고 준열한 말로 항의를 하였다. 주임은 나중에 성을 버럭 내어 간다온다는 말도 없이 집으로 가버렸다. 그러더니 이튿날 주임은 다시 일부러 올라와서

「서상 어제는 정말 미안하게 됏수다.」

하고 구변 있는 대로 사의를 표하였다. 그러나 진술은 그것이 그의 본심에서 나오는 사과가 아니라 뭐냐 하면 그의 부정사실이 전주인 ××주식회사 사장의 귀에 들어갈까 봐서 자기의 입을 막자는 한 야비한 수단으로밖에 해석되지 않았다. 진술은 주임에게 있어 다만 지배만을

받을 일개 사무원이 아닌 거북한 존재이기도 한 것이다.

주임은 순필을 시켜 술을 받아오고 고기를 사오라 했다. 이날부터 순필의 태도도 훨씬 좋아졌다.

눈이 자욱이 왔다. 산골은 하룻밤 사이에 한자 길이나 되는 눈 속에 파묻혀 버렸다. 날씨가 이 지경이 되면 그들 탄부에게도 다소 한가한 틈이 생기는 것이었다.

미리부터 숯굴 곁에다 집채같이 준비하여둔 나무가 있으니 인제는 그것을 조금씩 덜어서 숯굴에다 쟁이고 불만 지펴놓으면 그만인 것이다. 그런 대신 놀이가 한층 더 심하고 도박이 부쩍 성했다.

허나 그중에도 불행이 나무 준비를 미리 못한 사람은 이 눈 속에서도 나무를 치고 있었다. 눈 위에 엎어지고 자빠져 가면서도 지게를 지고 나무를 운반하였다.

변소에만 잠깐 다녀오려고 해도 발이 빠지는 것 같이 쓰리던 것을 생각하고 진술은 이렇게도 용감하게 일을 하는 그들에게 절로 머리가 숙여졌다. 그리하여 진술은 차마 자기만이 따뜻한 방에 편안이 있을 수가 없어 추움을 참고 견디며 산으로 숯굴로 왔다 갔다 하는데 숯굴 곁에서도 도끼를 들고 산으로부터 내려오는 봉식이를 만났다.

「이 추운데 눈 속에서 나무를 친다기에 좀 거들어 줄까 하구서 갔더니만 기어이 내려가랍니다.」

봉식이 먼저 알은 체를 하였다.

「건 누군데 진작 준빌 않고서……」

「모두 늦게들 온 사람이올시다, 그리고 한 사람은 우리 반에 치약인데 그 노인은 선생님도 아시다시피 가을 내 병으로 시난고난하다가 그만 손을 놓쳤어요」

진술은 눈 속에서 분투하는 그들을 생각하고 오직 감격하면서 자주 고개만 끄덕였다.

봉식은 숯굴 곁으로 가까이 다가서서 손을 녹이며 고쳐 입을 열었다.

「그런데 선생님 일로부턴 일이 수월해놔서 노름이 부쩍 심하게 됐습니다.」

「그래선 안 되지요.」

「그런데 선생님.」

봉식은 입을 떼고 나서 잠시 진술의 눈치를 살피다가 다음 말을 계속하였다.

「이제 밤도 길고 일도 그다지 고되지 않으니깐, 야, 야학을 좀 했으면 싶어요, 전 언제부터 그런 생각이 있었는데 선생님이 어떻게 생각하실지 몰라서……」

이것이 진술이가 처음부터 주목하던 봉식의 입으로부터 나온 말이다. 진술은 아직 여기까지는 생각지 못했던 것이 일개 탄부인 봉식의 입에서 나온 것이다.

「저 있던 고향에는 삼동이 되면 동네마다 야학이 퍽 심했어요. 요새는 어떤지 몰라도.」

진술은 그의 뜻을 찬동하였다. 내일부터라도 곧 시작하는 것이 좋겠다고 하였다. 그러면 학용품이라든지 기타 비품은 얼마 되지 않는 것이니 봉식이 자신이 준비하겠다고 그것까지 진술의 앞에서 언명하였다.

그리고 또 이런 말도 하였다.

「먼저 오신 선생님은요, 제가 무슨 말을 하면 옳고 그르고 간에 도무지 못들은 척하고 말아요, 그리고서 밤낮 주임이랑 감독이랑 한통속이 되서 수군거리니 그게 모두 결국 가서는 우리를 속여먹자는 수작이거든요, 그런 줄 번연히 알고서도 이거 모두 뒤로 앉아 말뿐이고 누구하나 대해 말하는 사람이 있어야지요, 그래 모다 딱해서 제가 몇 번 말을 했지요 그러다 결국은 서로 멱살을 잡고 냅다 한판 싸웠지요. 그러고 나서 얼마 안돼 그만 떠났어요.」

봉식의 주장대로 야학이 시작되었다.

교실은 사무소를 빌리고 흑판도 역시 사무소용의 조그마한 것을 쓰기로 하였다.

백묵 한통과 공책과 연필은 봉식이가 자기 돈을 내어서 사온 모양이었다.

그런데 제일 문제인 것이 석유(石油)였다. 한데 요행이도 일이 잘 되느라고 봉식이가 동분서주하고 한나절을 쫓아다니더니 칸델라와 가바이드를 구해왔다. 진술은 하도 희한해서 어떻게 구했느냐고 물었더니 그의 대답이 칸델라는 아는 광부를 찾아가서 돈을 주고 사고 가바이드만은 광부를 시켜 광산 것을 가져왔다고 솔직히 고백하였다.

그러나 탄부들은 야학에 그다지 마음이 쏠리지 않는 모양이다. 봉식이가 돈을 내어 공책이며 연필까지 사주는데도 불구하고 잘 모여 주지 않았다. 뒤에 알아보면 빠진 사람은 결국 술집에서 나왔다. 봉식은 탄부들이 나쁜 것이 아니라 인부감독 순필이가 나쁘다고 하였다. 왜냐하면 순필이가 저 혼자서 놀기가 심심하니까, 뒤로 꼬여내는 것이라 하였다. 뿐만 아니라 야학을 연데 대해서 여러 가지 나쁜 말로 비평까지 한다는 것이었다. 진술은 그럴수록 부인네들까지 소리하여 야학에 나오도록 하였다.

그런대로 야학은 진행이 되었다. 처음이라 그렇지 한 달 동안만 잘 노력하면 한사람도 빠지지 않으리라고 진술은 생각하였다. 조금이라도 문명의 물이 든 사람으로서는 들으면 낯이 화끈거리는 야비한 잡가 대신 그들의 입에서도 애국행진곡이 불리어지고, 편지 한 장이라도 군색하게 남의 손을 빌리지 않을 날이 있기를 진술은 충심으로 바랬다. 또 그렇도록 자기 자신이 노력할 것도 각오하였다.

봉식은 야학에 필요한 것이면 무엇이든 자기가 사들였다. 사소한 비용일망정 어디서 돈이 나오는지 그것만은 진술로서도 알 수 없었다. 그에게 경제의 여유가 없을 것은 진술이 먼저 잘 아는 바이다. 왜냐하면 한 달에 평균 그가 버는 돈이 칠십 원 가량인데 그중에서 사십 원씩은 매월 꼭꼭 집으로 부치는 것이었다. 진술이 어째서 그것을 아느냐하면 그는 언제나 편지 겉봉을 진술에게 써 달라하였고 또 가와세와 서류를 부친 영수증이 신문과 함께 사무소로 먼저 와서 그의 손으로 들어가기 때문이다. 그러고 보면 나머지 삼십 원이란 그들의 생활에 결코 넉넉한 돈이 아닌 것을 진술이만은 잘 알고 있다.

누가 무어라 하건 그래도 야학만은 계속되었다. 그런 중에 먼저 온 눈이 채 녹기도 전에 또 눈이 왔다.

진술은 하루 내 이불을 덮고 아랫목에 누워서 책을 보고 있는데, 다 저녁때 어디선지 왁자지껄하고 사람들의 환성이 일어났다. 진술이 유심히 그 소리를 듣고 있는데 문밖에서

「선생님.」

하는 유난히 큰 소리가 나며 미닫이가 우당탕 열렸다. 봉식이었다. 그는 숨을 시근거리며 무엇에 놀란 듯이 또는 큰일이나 난 듯이 몹시 흥분한 얼굴이었다.

「선생님 우리가 메, 멧돼지를 잡았어요, 얼른 나와 보세요.」

진술은 보던 책을 아무렇게나 내던지고 밖으로 뛰어나갔다. 과연 창고 앞마당 눈 위에는 멧돼지 한 마리가 퍼드러진 채 있었다. 사람들이 여자 섞여 꽉 모여들었다.

「이놈은 내가 몽둥이로다 막 냅다 두들겨서 잡았지요. 눈이 자북 와서 잘 못 가요.」

봉식은 개선장군마냥 의기충천하여 소리소리 지르며 기뻐 날뛰는 것이었다. 함께 따라간 탄부들도 봉식의 수완만은 칭찬하여 마지않았다. 진술이도 역시 봉식이 못지않게 기뻐하였다.

멧돼지는 갓 난 송아지만한 것이었다. 저녁을 먹고 야학이 끝난 다음에 잡아가지고 먹자고 봉식은 진술이와 탄부들 듣는데 말하였다. 진술은 처음인만큼 어서 잡아서 먹어보았으면 하였다.

구경꾼들이 헤어진 다음, 진술은 사무소로 발을 옮겨놓았다. 이때 길도 채 트이지 않은 눈 속을 주임이 휠네휠네 올라왔다. 얼핏 보아도 성이 시퍼렇게 난 얼굴이었다.

진술이 인사를 해도 주임은 본체만체 사무소로 들어가니 이내 순필을 시켜 봉식이를 잡아오라고 소리쳤다. 진술은 영문을 몰라 곁에 우두커니 앉아 주임의 눈치만 엿보고 있었다.

「네 이놈 지은 죄를 알지.」

주임은 봉식이가 채 문턱을 넘어서기도 전에 버럭 소리를 질렀다.

「네 이 도둑놈! 바로 말해 봐, 모두 몇 표냐.」

추상같은 호령이었다.

「금년 중으로 잃어버린 숯이 모두 오십이표야, 이놈 어디 견디어봐라.」

봉식은 한동안 아무런 말도 없이 고개를 탁 숙인 채 있더니 마침내 용기를 내어 입을 열었다.

「내 바로 말하지요, 내가 훔쳐다 팔아먹은 건 꼭 여섯표 뿐이오, 나머지는 임자가 선물하고 집에서 쓰고……」

「뭣이 어째.」

주임은 입 가장자리로 심한 경련을 일으키며 주먹을 번쩍 들어 봉식의 뺨을 사정없이 후려 갈겼다. 연달아 또 한 차례 진술이 그의 주먹을 막아내기엔 벌써 늦었던 것이다.

「바른대로 말하면 임자도 나쁘단 말요, 여기서 숯이 나간 것을 그래 임자가 몰랐단 말요.」

주임은 이번에 진술에게로 눈총을 겨누며 소리를 질렀다. 그러나 자기로도 짊어져야할 죄를 숨길 수는 없음인지 몹시 당황하였다. 그는 진술의 쏘아 보는 눈초리를 차마 막아 낼 수 없어 그로부터 시선을 피하는 것이었다.

진술은 아무런 대꾸도 하지 않았다.

주임은 봉식이를 말없이 아래위로 마슬러보다가 집으로 내려 가버렸다.

「선생님 죄송합니다. 제가 진 죄는 제가 달게 받아야죠. 그러나 주임의 죄를 숨겨 둘 수는 없습니다. 제가 분풀이 하잔 수작이 아니라 이 우리 직장을 깨끗하고 명랑하게 만들려고 그럽니다.」

단둘이 남았을 때 봉식은 처음으로 두 눈에 눈물이 글썽글썽 해서 떨리는 소리로 말하였다. 진술은 자기의 격분에 눌려 그의 말에는 아무런 대꾸도 하지 않았다. 말도 하기 싫었던 것이다.

봉식이 진술에게 하는 것은 단지 그 말뿐이었다. 그리고 한참을 우두커니 앉았다가 밖으로 나갔다.

진술은 이 불의의 환에 속이 상해 저녁도 먹지 않고 그대로 누었다 앉았다 하다가 겨우 잠깐 눈을 붙이고 날을 새웠다.

멧돼지는 잡았으나 진술은 고기를 대하니 어제 봉식이가 그렇게도 기뻐 날뛰던 모양이 눈앞에 선하여 도무지 먹을 수가 없어 결국은 내다 버리고 말았다.

밝은 날 봉식은 벌써 이곳에는 있지 않았었다.

다만 진술의 책상 위에 그의 간단한 편지와 돈 십 원 몇 십전이 놓여 있을 뿐이었다.

(1942년 12월호)

귀소(歸巢)

··· 이무영

1

꼭 죽었다고만 알고 있던 칠성이가 집을 나간 지 삼년 만에 돌아왔다. 엽서장이나마 끊어진 지 만 이태되던 해일이다. 그것은 생각할수록 희한한 일이었다.

그러나, 동리 사람들은 이 희한한 사실에 보다도 죽었더니라 한 자식이 살아 돌아왔는데도 김첨지가 자식을 삽작안에도 안 들여왔다는 사실에 벌어졌던 입이 닫혀지지가 않았다.

처음 듣는 사람은 그랬을 리가 있느냐 했다. 그러나 그것이 사실인 것을 알자 인정상, 사람이 탈을 쓰고야 그럴 수가 있느냐 그 사람이 필시 실성을 했느니라는 것이 동리사람들의 여론이었다.

개중에는 칠성이가 늙은 부모와 어린 동생들을 날 끊어진 집신짝처럼 내동댕이친 것은 그만 두고라도 그 늙은이가 밤을 낮 삼아서 뼈가 저리게 일을 해서 푼푼이 모은 돈 삼십 원까지 몽땅 뭉그려가지고 달아났던 삼년 전 사실을 회상하고 남이 당한 일이라 그렇게도 말할 수 있었겠지마는 어쨌든 첨지를 두둔까지는 안된다하더라도 이해성 있게 말하는 사람도 있기는 했었다. 그런 정도나마 김첨지를 싸고 돌아 주는 사람이란 김첨지가 육십 평생을 두고 단 하루 맘놓고 알아보지도 못한 오직 고달프기만 했던 첨지의 일생을 보아온 사람들이었고 김첨지가(아니 농군은 다 그렇지마는) 잠시도 잊어본 적이 없는 세 가지 소원 —튼튼한 자식과 소 한 마리, 논 열마지기에 밭 한 떼기중의 한 가지인 소 세울 돈 삼십원을 송두리째 들고 달아났을 때의 농군의 그 아담한 심정을 이해하는 사람들뿐이었다. 김첨지는 사십이 가깝도록 남의 집 머슴살이만 했었다. 그러다가 그가 오년 동안이나 머슴살이를 하던 주인집에서 소년과부로 드난을 살러 다니는 지금의 여편네들 징권해서 장가를 들고, 비로소 살림을 차렸던 것인데, 이래 이십여 년간 도지벼로 장리돈으로 근근 연명을 해 오면서도 티끌을 모으듯 푼푼이 모아서, 몇 해 전에는 천수답일망정 서마지기 장만했었다. 자리도 가까운 편은 못되었고 사태나리는 산 뿌리에 흡사 수세미 형상을 한 논이라기보다는 차라리 불밭에 가까운 떼기였으나 첨지의 이 서마지기를 사랑하는 애정이란 다른 사람으로서는 도저히 상상할 수도 없는 것이었다. 첨지는 일이 있건 없건 간에 매일 한번 씩은 무슨 일이 있든지 간에 이 서마지기를 찾았다. 가다 오다 쇠똥이고 개똥이고 하다못해 짚 한 오리가 눈에 띄어도 반드시 그것을 논에다 넣어준다. 그것도 그대로 내 던져버리는 것이 아니다. 개똥 한 뭉치를 던질 때도 그의 얼굴은

마치 효성이 거룩한 자손이 부모에게 시약을 하는 때와 같은 경건한
표정으로 변해지는 것이다.

「첨진 저 서말직이이 때문에 십년 하난 감술 헐껄.」

모두들 웃었다.

「글쎄 그걸 논이라구 사는 천치가 있드람, 그걸 사느니 차라리 밭을
한 떼기 사두면 좋잖아.」

「누가 아니래.」

동리 사람들의 말마따나 그것은 분명히 병신논이었다. 며칠만 가물
어도 논바닥은 구열이 되고 조금만 쏟아져도 사태가 나려 쓸린다. 그
중에 바닥도 고르지 못해서 물이 고루 못 퍼지는 것은 고사하고 사태
에 모래가 쓸어서 물받이도 좋지 못했다.

그러나 김첨지는 이 마지기가 그지없이 귀여웠다. 양답(良畓)과 딸자
식과는 안 바꾼다는 말이 있지만 첨지에게는 천수답이지만 딸자식에
게 보다도 애정을 쏟았다. 땅과 자식을 같이 사랑하는 첨지의 애정으
로 본다면 병신자식일수록에 귀엽다는 말도 이 서마지기에 대한 첨지
의 애정을 증명해주는 말이었다.

그 애정 속에서 꺼칠었던 서마지기는 손때묻은 고드래들처럼 탐스
러워갔다. 사태받이 못에다 한 개 두개 집어 얹은 돌이 훌륭한 방천이
되어주었고 사던 해 봄에 장난처럼 꺾어다 꽂은 포푸라기가 제법 뿌리
를 뻗어서 웬만한 사태는 족히 막아줄 수 있을뿐더러 둔덕넘이 자연
홈이 패어 산골물도 곧잘 담어왔다 준다. 이 골짝 저 골짝 실처럼 흐
르는 물을 서마지기로 모아들이는데 첨지는 꼭 삼년이 걸렸다. 이슬방

울을 따서 모은 듯 싶이 한 물이었으나 황토 본바닥이 검으테테하게 변하기 시작하면서부터는 물받이도 한결 마디어졌다.

김첨지가 이 서마지기에 부은 공이란 품삯으로만 해도 땅값을 훨씬 넘었을런지도 모른다.

언젠가 도래말 지주요, 칠성이로 하여금 집을 나가게 한 장본인이기도 한 조참봉 아들이 논을 보고 그런 말을 한 일도 있었지마는 그때 첨지는

「그럼 댁 아기가 병이 났으면 약값두 대중은 합니까, 없는 놈에게야 이게 자식보다 귀헙죠.」

이렇게 대답을 했다고 해서 조상달이가 온 동리로 다니며 첨지를 조롱감을 만들었었다.

어쨌든 천수답 서마지기는 김첨지의 손으로 넘어온 지 다섯 해만에 일약 상답이 되고 말았었다. 서마지기나 칠백평이나 되는데 끼익 시절이 좋아야 두어 섬 얻어 먹던 논에서 다섯 해째 나던 가을에는 닷섬 가웃이 실히 났다.

「글쎄 오늘은 나가 보니까 아 이놈이 다 생겼단말야! 요놈이 허 그것 참.」

어느 해 봄 첨지는 논에서 돌아오다가 길에서 만나는 사람마다 붙들고는 손을 내밀었다. 손바닥에는 커다란 우렁이가 두 개 놓여져 있었다.

「우리 서말직이엔 우렁이꺼정 생겼으니까……」

첨지에게는 그것이 그지없이 대견했다.

「이놈이란 웬만한 논엔 생기질 않거든! 그까짓 암모니아나 들이 질
르는 논에 이놈이 가기나 하던가? 논은 퇴비라야 하느니. 금비야 콩나
물처럼 키만 멀쑥하니 키우지 소용있던가!」

김첨지가 이 서마지기를 토대로 죽기 전에는 열마지기로 늘려 보자
는 것이었다.

열마지기만 잘 가꾸면 스무 섬은 얻어먹는다. 거기에 소작이나 좀
하고 하면 그로서는 더없는 행복이었다. 그러기 위해서는 무엇보다도
소를 세워야한다. 소. 소 그는 남의 소를 볼 때마다 침을 삼켰다. 소.
―아니 송아지도 좋다. 떡대로 쳐도 움쩍도 않는 칠성이에 소만 한 마
리 세우면 오년 안짝엔 또 몇 마지기로 불릴 수 있지 않은가, 지금의
김첨지의 머릿속에는 오직 소 살 궁리로 차 있었다.

그 소를 위해서 푼푼이 모으던 돈 삼십 원을 칠성이가 들고채고 보
니 김첨지가 노발대발 했대도 나무랄 사람은 한 사람도 없었다.

그러나 이러한 삼십 원의 내력을 알아온 사람들도 칠성이가 찾아
왔던 날 밤의 전말을 다시 듣고는

「그럴 수가 있나, 사람의 도리가 아니지.」

칠성이로 치면 왼 동리, 사람이 다 함경도 어느 공사판에서 일을 하
다가 죽은 줄로 알고 있었던지라, 그 죽은 자식이 살아있다는 것만도
고마운 일이어늘 항차 부모의 정을 못 잊어 부모의 품속으로 기어든
자식을 그렇게 내칠 수야 있느냐 했다. 더구나 칠성이가 찾아온 것이
밤중이었고하니 우수는 지났다지만 아직도 겨울이 아니냐. 소행은 아
무리 심하다지마는 죽은 줄 알았던 자식이 삼년 만에 돌아왔는데 그

추운 밤중에 어디로 가라고 내쫓았단 말이야. 그러고 보니 지금와서는 김첨지를 두둔해 주는 사람은 단 한사람도 없는 셈이었다.

이튿날 새벽 이 소문이 퍼지자, 남의 말 좋아하기로 유명한 붕덕이 처는 아침쌀을 씻으러왔다가 그 길로 「아이구머네」하고 한번 빼문 혀를 남들이 조반상을 물리도록 움츠리지 못한 채 이집저집 돌아다니다 시어머니와 드잡이를 놓았다.

대동이라고는 하지마는 백호 남짓한 이 구룡동에서는 적은 사건이 아니었다.

2

칠성이가 집을 나간 후 삼년동안 김첨지의 태도에는 그럼직한 구절이 없지는 않았다. 온 집안이 울고 불고 야단이 났는데도 김첨지는 입을 딱 다물고 뜰광에 쪼그리고 앉아서 한숨 한번 안 쉬었다. 아내와 어린 것들의 울음소리가 높아가자 자백이를 메치는 듯한 잘 알아듣기도 어려운 외마디 소리를 치터니만,

「옛말에두 가는 놈은 붙들지 말랬단다. 그깟놈을 뭘 생각하구 울어! 아비 어미 싫다구 나가는놈 자식으로 안 알았으믄 구만이지.」

이렇게 호통을 치고는 「다들 잘 들어둬라 아무구간에 그 놈 이름은 입밖에 내는 날엔 이눔에 집에다 불을 퍽 질르고 나두 나갈테니까. 다들 들었쟈? 자, 일덜 해라. 임잔 저 둥구미 마주 짜구, 소란이 넌 쟁기 끈 틀어놓구 어서, 아 냉큼덜 못 일어나느냐!」

첨지는 조반상을 받다가 칠성이가 돈 가지고 달아난 것을 발견했던 지라 아직도 잣입이었건만 지게에다 갈퀴를 얹어가지고 수리산으로 올라갔다.

이튿날부터 춘경(春耕)이 시작되어 참참이 칠성이 이야기가 났으나 첨지는 남의 일처럼

「그런 자식을 자식 됐다구 아비 싫다구 나간 놈 자식으루 안 알았으믄 그만이지 뭐.」

이렇게 태연스럽게 대꾸를 할뿐이었다. 간 겨울에 눈이 많이 온데다가 며칠 전에 제법 큰비가 온 터라 논물을 흥건했다. 하늘은 맑은 구름이 몇 점 떳을 뿐 물속처럼 쪽빛이다. 맨살에 닿는 물의 감촉도 어느덧 자리지를 않다. 비수처럼 날이 선 쟁기말이 질척한 논흙을 좌우로 헤치며 미끌어지듯 나간다. 쟁기날 자욱이 그대로 쟁이 그물건처럼 삼월 햇볕을 받아 번쩍인다. 좋은 논밭에 들어서기만 해도 농부의 마음은 흐뭇한 법이다. 첨지는 이 논이 분명히 자기 논이 아닌데도 마음이 어떻게 이렇게 흐뭇해지는 것일까 했다.

「망할자식! 저 존 노릇을 싫다구 땅을 버리구 아비 어밀 버리구 가?」

응당 이런 생각 끝에는 한숨이 뒤를 연달았으련만 김첨지는 그런 내색도 않았다.

「하여튼 무서운 사람야.」

참이 되어 담배들을 피다가 김첨지가 저쪽으로 간 틈을 타서 하나가 말을 냈다.

「대들보가 무너졌는데도 눈도 깜짝 않네나그려.」

「뉘집이?」

어디를 가든지 맞붙기만 하면 모있죠를 하거나 꼬누를 놓거나 그도 저도 아니면 하다못해 풀삼, 꽤기 이슬쌈을 하는 한이 있더라도 승부 겨름을 하는 윤서방이 주먹치기할 돌을 줍다가 묻는다.

「김첨지네 말야, 칠성이가 대들보지 뭔가.」

「아, 난 또 뭔 소리라구. 영감이 독종이니 독종야, 거 산뿌리 논 만 들어놓는 것 좀 보지. 제 논에 누가 솔 매서 논두렁이를 모두 까뭉갰 다구 그놈의 소 보기만 하면 밭을 잘강잘강 씹겠단 사람인데 뭐.」

「그래두 그렇잖으니.」

하고 수염이 허연 춘보가 띄엄 띄엄 말을 한다. 「그래두 근동에서 그 만 사람두 없으니 자네네가 몰라 그렇지. 죽어두 그른 짓을 않는 사람 이네.」

「그래 논두렁이만 까뭉갰다구 그런 말씨가 어디어유 늙은이가.」

「늙은이 아니면 그 한다랭이다 온 집안이 목숨을 매놓구 있는데 거 말 안할 건가. 매는 사람이 그르지. 소 임자 손목쟁일 잘강잘강 씹는다 구 안 그러는 것만큼은 그 사람이 요랑이 있으니. 난 그 사람 안 나무 라네. 그 사람한테 그게 어떤 땅인가? 육십 평생에 첨 만져본 땅 아닌 가. 육십에 첫 아들 낳은 게나 진배 있겠나. 농사지어 먹는 농군이 남 의 땅 위하는 맘을 몰라 줘 쓰겠나. 이래, 농군들이 못 사는 게 다 내 남적없어 농터 아끼는 맘이 없어 그러니.」

그때 김첨지가 논흙을 한줌 손바닥에 웅끼며 왔다. 자기네 논 흙과 대조를 해 보는 모양이었다.

이렇듯 자식에게 대한 김첨지의 무관심은 날이 갈수록에 더 심해졌다. 그러는 반면에 일종의 걷잡을 수없는 증오감이 무관심에 대신해가는 것 같았다. 올봄에는 어떻게 해서라도 송아지를 세우려든 그의 백년대계가 수포로 돌아가자 동리 소만 보면 그의 감정은 거칠어가는 것 같았다. 인제는 혹 칠성이 말이 나면 이를 북 간다.

「그깐 놈. 자식이 무슨 자식. 뭐 돈벌어가지구 돌어온다구. 흥 그놈이 벌어 온 돈을 내가 먹어. 쇠를 갈아먹지!」

나진이가 어느 공사판에서 한 엽서를 보고 하는 소리였다. 그때도 옆에 사람들이 서먹했던 것은

「이눔 내가 살아있는 동안엔 내 눈앞에 발걸음도 못한다. 다리 뼈다귀를 분질러 놀께니까.」

이렇게 노발대발하더니만 엽서를 발기발기 찢어서 발로 다 쓱쓱 부벼 버리었다. 그만해도 집을 나간 자식이 거의 반년 동안이나 생사를 모르던 차에 온 편지고보니 미운 자식일망정 주소만이라도 알아두고 싶은 것이 사람의 심정이 아니랴들 싶었었다. 그 후에도 두 번인가 왔었으나 김첨지는 그때마다 북북 찢어서 아궁이에도 집어 넣고 거름덩이에다도 뿌려버렸다.

「거, 허지만 통호술랑 띠어 두시지유, 언제 무슨 일이 있어서 통질……」

하고 동리 사람이 옆에 충언을 했을 때도

「이 사람 그런 소릴랑 아예 나 듣는데 말게, 간 놈이면 갔지 통호순 알아 뭣하나, 아니꼬운 놈. 부모가 그리워? 돈을 벌어야 와? 아 그래

내가 마른 북어처럼 누어서 굶어 죽기로서니 아비 싫다구 나간 놈한테
얻어먹어? 없네, 없지! 어디 보자지 지눔이 지금 애비가 땅 파서 알켜
준 쥐 꼬리만한 공부 밑구서 히짤 빼는 게지. 흥, 그래 제눔 공부가 내
농사공부 알켜다든가. 어림없지. 대학교 댕긴놈 공부두 내가 무섭잔흔
든 그래 제깟놈 보통학교 공불 가지구 날 업신여겨!」

「참으서유, 사람의 천륜이야 할수있대유, 암만 죽을죄 졌어두 자식
이쥬 요번 편지 오면 통호순 떼 두세요.」

「글세, 그러지 말라두 그러네나, 난 저허군 남팼으니께. 농군에 밥먹
구 크구, 농군이 땅파서 공부시켜 노니께시리 제아빌 업신여겨! 그놈
나허군 딴 남팼네. 안보네. 지금 당장 저기 걸어 와두안 보네! 안 봐!」

이 초연한 태도를 김첨지는 삼 년간 그대로 굽히지 않아왔다.

그러나 누구하나 김첨지를 신용하지는 않았다.

「안볼께 어닷어!」

하고 김천지가 없는 자리에서는 모두들 말했다.

「지금은 살았거니 생각두 않으니까 하는 소리겠지. 어디에고 살아있
다면 편지공분 되는데 이태가 넘도록 편지 한 장 없겠는가 뭐 북해돈
가 어딘가루 갔다더니, 거서 죽어버린게야.」

이렇게 말들을 하면서도 김첨지의 서슬이 퍼래 덤비는 것을 보면
정말 저 꼬장꼬장한 영감쟁이가, 칠성이가 정말 살아 돌아온대도 안
보려고 들지도 모른다는 생각도 들지않은 것은 아니었다. 그러나 그도
사람인 이상, 그럴 도리야 있으랴 했었다.

김첨지가 서드는 바람에 그의 아내는 끓어올라오는 설움을 삼키어

이 삼년 동안에 얼굴이 노랗게 질리어 버렸다. 나이도 나이지마는 너무 운탓이겠지만 눈이 짓물러서 언제나 눈꼽이 꾀죄하게 끼어다닌다.

김첨지는 이 아내의 신경과 전혀 별개의 조직을 가진 것 같았다. 그러나 노파도 김첨지를 신용치 않는 점에서는 일반이었다. 그는 저녁마다 몰래 터주 앞에 정간수 한 그릇씩을 떠놓고 칠성이가 살아 있기를 빌었다. 그리고 돌아와지이다 했다. 첨지도 지금은 저렇게 서들지만 떡 눈앞에 살아 돌아만 오면 다 풀고 덥썩 덤벼서 안아주리라 했던 것이었다.

―그 자식이 정말 살아서 돌아왔을 때 첨지는 어떻게 했던가?

어느 땐가 할멈은 손수건으로 연상 눈을 씻어가며 일원 오십 전에 맡은 둥굼이를 틀고 있었다. 어느 때나 그랬지마는 그날 밤 역시 그의 생각은 생사조차 모르는 칠성이에 있었다. 소란이는 간 겨울에 사천내에서 이발소를 하는 사람한테로 치워버리고 이제 열셋 난 삼성이란 놈이 있으나 그까짓 것을 언제 키워서 살림을 내 맡기랴. 그 녀석이 그렇게만 않았던들 칠성이가 안 나갔을 것을 하며 다시금 원망은 조참봉의 아들 상달이게로 터지는 것이었다.

상달이는 이제 삼십도 못된 모양모양한 젊은애다. 생김 생김도 기생 서방처럼 기름이 쪼르르 흐르지마는 말솜씨하며 걸음쩨하며 든 것이 없는 양반체를 하자니까 자연 되양되양해만 보인다. 눈뗴기나 있는 덕에 서방님자를 받혀주니까 수리산도 오히려 자기 발바닥 밑에서 숨을 못쉬는 듯 되바라지다. 첨지를 보고도 꼭 허게를 한다. 칠성이 보고도 애재는 예사로 치더라도 제 종처럼 부리러드는데 배리가 나서 하루는 삼성 술집 앞에서 길바닥에 다 엎어놓고 넉장이 되게 두들겨 주고 말았다.

칠성이는 그로해서 한동안 힐난을 받기는 했으나 동리에서도 원근 인심을 잃은 상달인지라 별로 큰일 없이 칠정은 되었으나 늘 서로 칼을 품고 지나던 차에 칠성이가 종적을 감춘지라 모르는 사람들은 필시 상달이 등살에 못 견디어 피신을 한 것처럼 알고들 있다. 그의 어머니부터도 그렇게 생각하는 것이었다.

첨지 할멈이 이런 생각을 하고 있을 때다. 삽작에 달린 통조림 양철통이 철커덕거리며 누가 찾는 소리가 난다. 뒤미처 문간방에서 첨지가 뛰어 나가더니 뭐라고 외마디 소리를 치는 것을 보고

「또 그 녀석이 왔다.」

하고 할멈은 문을 닫고 말았다. 작년가을에 분명히 다 갚은 돈 십원을 증서가 없다고 재벌 물라고 사흘째나 오는 증엣말 돈노이었다.

한참 떠들던 소리가 잦기에 그런가보다 했더니 얼마 후에야 첨지는 칠성이놈이 왔었다고 비로소 여편네한테 통정을 하는 것이다.

「그래 집안에도 안 들이구 어떡 했단말유?」

「아니꼬운 놈.」

하고 첨지는 자기 말만한다. 「그놈이 내게다 양복뙈기 자랑을 시키러 온폭이지, 아니꼽살스런놈. 제 놈이 정말 내가 아버지한테 잘못했구나 하는 절실한 생각이 있으면 그래 그놈이 그 뻣세를 하구 내 앞에 와야 해? 내 자식은 농군이야 양복에다 구두에다 단장에다 가방에다 버틴 그런 자식은 내게 백 있어두 소용없거든!」

할멈은 삼성이놈을 앞세우고 울타리를 뚫고 밖으로 나왔다. 약간 일 그러진 달이 폭 익은 연시모양으로 감나무가지에 매달려 있을 뿐 주위

는 무덤 속처럼 괴괴하다.

첨지도 심화가 나던지 밖으로 나가고 모자가 이슥도록 동리를 뒤지다가 돌아와 보니 연필로 적은 짤막한 편지 한 장과 조그만 종이 뭉치가 하나 놓여있다. 삼성이가 짧은 글로 띄엄 띄엄 이런 의미를 읽었다.

「어머님 아버님 노염이 페이실 때까지 좀 더 돌아다니다 오겠습니다. 어머님이나 좀 뵈옵고 가려했으나 아무도 없어서 그대로 갑니다. 돈 좀 두고 가오니 아버님 모르시게 살림에 보태 쓰옵소서.」

찾아 나간 사이에 칠성이가 다녀간 양이다.

할멈은 편지 사연을 듣다 말고 그대로 통곡을 내놓고 말았다.

3

칠성이가 첨지의 말을 빌어 허파의 바람에 들기 시작한 것은 지나 사변이 일어나던 해 겨울부터다.

그해 가을까지에도 칠성이는 독실한 농부 김첨지의 효성있는 아들이었고 또 그 자신 충실한 농군이었다. 어렸을 때부터 첨지의 손에 치어난지라 보통학교는 다닐망정, 나무지게도 졌고 새벽 저녁으로는 오줌똥도 처 낼줄 알았고 모내기며 밭매기 새끼며 짚신에 가마니도 짤줄 알았으며, 품이 째일 때는 아쉬운대로 품앗이도 더러는 해왔고 칠성이의 품앗이면 받는 사람도 그리 잔소리없이 받아주기까지 했다. 키는 큰 편이 못되나마 딱 바라진 앙가슴하며 떡 벌어진 어깨통 박달나무처럼 다구진 팔다리. 쇠를 뭉쳐놓은 것 같은 장골이다. 열 네 살 때만 해도 이백근 벼 한 섬쯤은 끙소리 한번이면 번쩍 지고 일어났다. 칠성이가 벼 한 섬을 무난히 지고 일어나는 것을 처음 보는 사람들은
「아 저 녀석이 차력기운을 쓰는 건가.」
하고 혀를 내 둘렀다. 「김첨진 인저 늙바탕에 허리끈 끌러 놓았소.」
「글쎄 자식이 기운은 써도 옹졸해 빠져서 온……」
하고 김첨지는 겸사를 하나 그 자신 이만한 아들을 두었으니 인제 배는 안 골리라 은근히 속으로 대견해했다.

남한테는 그렇게 말을 하지만 그 자신은 칠성이가 다른 애들에 비해서 옹졸하다고도 생각지는 않는다. 기운을 쓰면 미련하기가 십상팔구요, 그렇잖으면 게으르기가 십상인데 칠성이만은 아둔한 편이라기보다는 매사에 눈썰미가 있고 재치도 있는 셈이었고 일을 사리거나 꾀를 바수라고도 않는다. 그저 구구락지처럼 검으데데한 것이 외양으로나 맘씨로나 어디로 뜯어보나 농군의 자식이다. 농군이란 재치도 검물이오 오직 소처럼 충실해야 한다고 첨지는 생각한다. 마침 삼신할머니가 점지한 장남이 소처럼 충직하되 소처럼 노둔치 않으니 이 얼마나 고마운 일이냐 했다.

칠성이에게는 어려서부터 그런 일면이 있음을 김첨지는 발견하고 있었다. 밤늦도록 첨지가 앉아서 새끼를 꼬면 아직 연 일곱 때부터 옆에 붙어 앉아서 새끼를 사려주거나 짚을 먹여주거나 했다. 그때만 해도 양잠이 성하던 때라 누에가 한잠만 자고나면 그 어린 것이 밤으로 새벽으로 제 어미를 따라서 뽕을 따러 다니었고 어른들이 들일에 몰려 집을 비울라치면 고양이처럼 채반 위에 올라앉아서 쉬쓴 놈도 골라내

고 어떤 때는 누에똥도 말끔히 받아내고는 한다.

그런데다가 궁둥이도 가벼웠다. 무엇을 시키면 말이 떨어지기가 무섭게 일어선다.

「고마운 일이다. 이런 자식을 나같은 사람에게 점지를 해주셨으니……」

김첨지는 속으로 이렇게 몇 번이나 하느님께 감사를 했다.

원래 본다면 남의 땅마지기나 얻어 붙이는 주제에 학교니 뭐니 할 계제도 아니기는 했지마는 김첨지가 칠성이를 장터 보통학교에 넣게 된 것은 이 어려서부터 쓰임성이 엿보였기 때문이었다.

일단 학교에다 입학원서를 내 놓고도 김첨지는 며칠을 두고 망설이었다. 솔직히 말하면 그 자신으로서는 자식을 학교에 넣고 싶지 않았다. 구룡동만 본다하더라도 농군의 자식이 학교를 나와서 늙은 아비와 같이 농사를 짓는 아이가 몇이나 되는가. 학교공부를 해서 면소고 조합에서 나오는 편지도 보아주고 국어를 배웠으니 까막눈에 벙어리인 부모의 앞가림도 해주면서 아비와 같이 김매고 밭을 일구고 물꼬를 보아 거둬들이고 살림을 하자는 것이 부모의 간곡한 정성이었고보니 공부를 했으니까 더 잘 부모를 돕고 공경할 줄 알았다 할 것인데 졸업만 하고 나오면 하늘의 별이나 딴것처럼 해뚝해뚝하며 웃사람도 없고 부모도 없고 참기름쟁이처럼 빠져나갈 궁리만 하지 않는가.

김첨지는 내 자식도 공부를 시켰다가 행여나 그런 아이들이 돼 버리는 것이나 아닐까 겁을 냈다. 졸업을 했댔자 통감초권 글도 못되는 것이 분명한데 벌써부터 양복때기나 걸치고 해뚝 빼뚝하는 월급쟁이만 넘볼 줄 알지 학교에서 배운 공부로 농사를 더 착실히 지어 보자는 아이들은 단 하나도 없으니 월사금 뒤받이도 어려운 내 터수에 공연히 긁어 부스럼을 만드는 것이나 아닐까 했다.

그러나 첨지는 보냈다. 학교에는 보내면서도 잡도리를 게을리 하지 않았다. 내가 끼니도 변변히못 끓여먹으면서도 널 학교에 보내는 것은 네가 커서 남의 상점에 꼬스까이나 댕겨먹으라고 하는게 아니다. 면서기나 조합서사가 되길 바라는 것도 아니다. 인전 개화가 돼서 농사도 공부없이는 지어먹기가 어려운 세상이 됐으니까 보내는 게니라. 이렇게 귀에 못이 박히도록 이른 말을 또 이르고 또 이르고 해온 것이다.

다행히 칠성이는 첨지의 기대에 어그러지지 않는 학생이 되었다. 졸업도 했다. (잘은 몰라도 공부도 몇째 안 가는 우등쟁이었다.) 졸업을 하고도 저만 못한 애들이 쥐뿔도 없이 서울을 가느니 어느 회사엘 가느니 고학을 합네 어쩌고 저쩌고 떠들어대건만 칠성이는 졸업장을 첨지한테 펴 보이고는 찬밥에 한술 뚝 떠먹더니 훌훌 벗어 제치고 첨지를 따라서 밖으로 나갔었다.

「아버지 인전 좀 쉬세요. 저두 졸업을 했으니까.」

「농사짓는 사람한테 쉴 짬이 어디 있느냐. 잠자는 게 쉬는 게지.」

첨지는 흐므룩해서 대답을 했다.

졸업을 한 후로도 첨지는 칠성이한테서 잠시도 눈을 떼지 않았다. 꿩의 병아리도 기르는 것 같아서 언제 품에서 빠져나갈지 아느냐.

그러나 칠성이는 생일꾼처럼 뼈가 부서지게 일만 한다. 나이 이십이 가까웠건만 담배는 피우는 모양이어도 술은 입에도 안 대는 것 같고 학교를 나왔다고 그것을 조랑말 방울 흔들듯 하는 것도 아니고 해가 뜨면 일하고 밤이 되면 자고 잡념이라고는 티끌만큼도 안 하는 모양이다.

첨지가 이만하면…… 하고 고삐를 늦춘 것은 칠성이가 스물한 살 접어 들던 해부터였다.

말하자면 첨지가 고삐를 놓기가 무섭게 뺑소니를 친 셈이 된다.

하기는 그럴 수밖에 없기도 했던 것이, 그 전전해부터 삼 년 째 가물이 계속된지라 첨지와 칠성이가 그처럼 그악스럽게 했건만 산뿌리 서마지기는 고사하고 구데 여덜 마지기 소작논에도 모 한포기 꽂아보지 못한 채 삼복을 보내고 응급책으로 메물을 뿌렸더니 또 이번에는 뒤늦게 장마가 져서 메물마저 제대로 못 먹게 되어 버렸다. 조합에서 오십원 내온 것은 나라의 하는 일이라 백성들의 사정을 보아 연기를 해 주었지마는 삼동과 보리 고개 넘길 일이 가암했다. 눈에 넣어도 아프지도 않을 서마지기이건만 저리고 고리고간에 잽히랴나 잡는 사람도 없다. 하는 수없이 부자가 날마다 수리산에 올라가서, 솔닢을 긁어다가 연명을 하던 중이다.

이때부터 칠성이의 허파에 바람이 들기 시작했다.

일지사변이 일어나던 바로 그해부터 어디서 인 바람인지는 모르나 토지경기가 태풍처럼 경향을 물론하고 휩쓸었다. 구룡동 일대는 다행히 경성에서 그리 먼 거리가 아닌지라 평당 이삼십 전 하면 밭은 일약 팔구십전. 사오 전부터 십 전각 수밖에 안 가던 산이 부르는 것이 값이었다. 오륙백 척이나 되는 산이 일원이상의 고가였고 그것이 또 희한하게도 날개가 돋힌 것처럼 풀풀 나간다. 일원에 산산이 한 다리 건너면 일원 사오십전, 두 다리 세 다리 건너는 동안에 이원대까지 쑥쑥

올라갔다.

불행인지 다행인지 이 사품에 칠성이가 끼게 된 것이 시초다. 이른 바 뿌로커다.

물론 뿌로커가 되랴 된 것도 아니다. 장에 갔다가 학교동무를 만나 사는 이야기 끝에 구룡동 뒤 이러이러한 사람의 산이 있는데 흥정을 붙이면 구문을 준다는 말에 지나가는 말처럼 한 것이 흥정이 되어 생각지도 못한 오십 원이 굴러들었던 것이다.

한나절씩 두 번에 말 전갈 몇 번하고 한달 동안 수리산 고괭이 친 것보다도 오히려 낫지 않은가. 칠성이가 장터 색주가집에 첫발을 들여 놔본 것도 이 오십 원 덕분이었고 술김에 「하도」도 한 갑 「아사히」도 한 갑 사본 것도 생후 처음이라. 오다가 캡도 하나 샀고 운동화도 한 켤레 사들였다. 생후 처음 먹는 닭고기 덴뿌라며 낙지며 죽순이며를 들볶은 무슨 탕이라든가의 맛도 아직 혀끝에 남아 있고 예쁜 계집의 손을 만지며 얼근이 취하는 맛도 괴이치 않다.

이튿날 아침 가만히 쳐보니 그럭저럭 삼십 원이 작살이 난 셈이다. 자기 딴에는 벌벌 떨면서 쓰느라고 애들 썼던 것이 이렇게 돈이 헤플까 싶어 처음 담배를 사면서 십 원짜리를 헌 때부터 조목조목 적어가며 적어보나 역시 분명히 쓰기는 썼다. 그것도 자기 손으로 영락없이 치렀다.

―만일 그날 아침 칠성이가 반나절씩 이를 노력을 해서 얻은 돈 오십원이 한달 동안 나무장사를 한 수입보다도 오히려 낫다는 계산에만 그치지 않고, 그 오십원 돈이 또 그렇게 쉽게 헤프게 쓰여질 수 있다는 것을 깨달았다. 칠성이는 농사꾼이오 나무장사인 옛날의 칠성이로

되돌아갈 수 있었을 리도 모르는 일이었다. 그러고 주머니에 이십 원이 남았지마는 그 돈 또한 그렇게 가치없는 방법으로 쓰여질 돈이라는 점 아니 그렇게 쓰여져야만 다음 일의 밑천이 될 수 있다는 점을 깨달을 수만 있었다면 그 오십 원을 위해서 허비한 두 반나절이 완전히 소득없이 허비되었다는 사실을 발견할 수 있었을런지도 모르는 것이었다.

그러나 칠성이의 계산으로 볼 때 어떻게 그 돈이 쓰여졌든 또 쓰여질 돈이든간에 이를 노력의 대가로서 대금 오십 원이 들어온 것만은 분명한 사실이었다. 그리고 그의 계산에는 틀림이 없었다. 다만 그 오십 원이 들어왔기 때문에 쓸 수도 있었고 그 쓸 수 있었다는 사실만으로도 자기의 소득이라고 생각하는 점이 일평생 노력 이상의 공돈을 받아본 일도 없으려니와 또 넘겨다 본 적도 없는—아니 그런 돈을 받기까지는 않더라도 넘겨다보기만 하는 것도 벌써 제가 제 손해를 안고 나자빠일는 계산이 된다고 생각하는 김첨지의 생각과 동이 뜰뿐이었다.

이 사실을 듣고 김첨지는 펄쩍 뛰었다. 남의 물건은 도적질해온 자기자식을 보는 것 같은 눈초리다. 공포와 인민(隣憫)이 한데 교착된 그런 시선이었다.

「이 돈 십 원을 나더러 쓰란 말이냐? 날더러? 난, 안 쓴다!」

첨지는 아이들이 뱀을 떠내듯 담뱃대로 십원짜리 지전짱을 아들 앞으로 떠넘기며

「너 이 녀석 용한 재주 배웠구나, 한나절만 꿈틀하면 오십 원이 생기는구나. 너 인저 큰 부자 되겠다. 한나절은 그만 두구 하루에 오십 원씩만 생겨두 한 달이면 일천 오백원이로구나! 존 재주 배웠다, 존 재주……」

칠성이는 아버지가 어째서 이렇게 서드는지가 알 수 없었다. 그는 와들와들 떨고 있었다. 감정은 복받치는데 그것을 어떻게 표현했으면 좋을지 몰라서 쩔쩔 매는 모양이다. 그래 그런지 첨지의 말소리는 갈 피를 잡을 수 없게 고저가 혼돈되는 것이다.

「너 생각 좀 해 봐라. 그래 네 생각엔 그 오십 원이 공돈같으냐? 따 지구 보면 공돈이기야 공돈이지. 말 몇 마디 하구서 오십 원이나 생겼 으니. 그래 네 어제 밤에 써 봤으니 어떻게 쓰여지던? 공으루 쓰여졌 지? 공돈을 공으루 다 썼대두 피장파장인데 십원이 남았으니께 그만해 두 공것같지. 에이끼 못생긴 자식 아! 학교서 수는 어떻게 배운거야. 그런 줄 몰랐더니 저 자식이 곰야, 곰. 곰이라니까!」

김첨지는 감정이 치받히어 숨이 막히는지 모들뜨기 숨을 몇 번 거 퍼 쉬더니

「그래 네 말따나 공돈 오십원이 생겼다. 허지만 넌 네 일 평생에 오 십원 고사하구 오백원 오천원을 가지구두 못 고칠 병을 얻었어 이자식 아. 그게 그질병이라는 게야. 몸뚱이 병은 지금 세상에 돈만 가지면 못 고치는 병이 없다지만 서두, 네놈의 병은 돈을 억만냥 가져두 못 고치 는 병이야. 알아듣겠냐? 히연두 못 먹을 팔잘 타구난놈이 값비싼 공연 에 맛을 들였으니 그걸 어떻게 고쳐?」

「그럼 어떡해유.」

「뭘 어떡해?」

「삼동은 닥쳐오구 쌀 한 됫박 없으니 굶고 앉았나요.」

「굶게 되면 굶지 무슨 걱정이야. 맘을 바루 가진 채 굶어죽는 사람

은 구제할 사람이 있어두 맘자리가 뒤틀려 노면 예였사!」

「뭐 지가 도적질을 한 것두 아니구……」

「이눔아 구문이나 넘겨다 보는 놈은 도적놈 보다두 더 맘이 구린 놈이다. 이눔아 그래 이쪽 저쪽 다니며 말품 팔어먹는 놈이 도적놈보다 난 것 같으냐.」

그렇건마는 그때까지에도 칠성이에게는 아버지가 왜 이렇게 그만 일에 노하는지를 해득키가 어려웠다. 엄동설한을 앞두고 쌀 한줌이 있느냐. 조 한 됫박이 있느냐. 큰 힘 안 드는 일이니 그렇게라도 해서 내년 년사까지 양도라도 하는 것이 뭬 그리 악한일일까. 그것을 어찌 나무장사에 대랴.

「전 모르겠서유. 그래 그럭해서라두 먹구 사는 게 상책이지 품값두 안 나오는 그까짓 농사만……」
하는데 귓바위에서 획 하는 소리가나며 댓줄기가 둥빠지에서 튄다.

칠성이가 아버지 앞에 거슬린 것도 처음이었고 첨지가 칠성이 몸에 매를 댄 것도 생후 처음이다. 그러니만큼 때리는 아버지나 맞는 아들이나 다같이 슬펐다.

「이눔에 자식 그런 놈이 되지 말라구 그렇게 축술 했는데 이게 허리끈을 졸라매면서 공부시킨 보가픔이냐. 네 놈도 눈깔이 있으니 봤겠다만 너 놈들 때문에 내가 하루에두 몇 번씩이나 허리끈을 졸라맸는지 아느냐. 쇠라도 삭이는 창잘 가지구 헛배를 알쿠선 밥을 굶구 지치다 못해서 밭고랑에서 고꾸라진 건 한두 번인줄 아느냐. 아빈 그래두 이걸……」

눈물이 좌르륵 쏟아졌다. 첨지가 스물다섯 살 때 늙은 어머니를 여인 이후 처음으로 흘리는 실로 사십 년만의 눈물이었다ㅡ.

먹을 갈아 붙인 듯싶게 어두운 밤ㅡ아니 이미 첫닭이 운지 오래고 보니 머지않아 두 홰닭이 울 것이다. 동지달이 내일 모레라는데 첨지는 솜도 다 뭉친 이불 속이 한 복중처럼 무더워서 뒤치럭대다가 밖으로 나왔다. 겨드랑에 군땀이 촉촉히 고인 것 같다. 더위 먹은 때의 그 가슴 답답증과도 비슷하다.

첨지는 문간방 뜰광 댓돌에 찬 줄도 모르고 앉아서 담배에 불을 붙였다. 이따금 마당 한구석 동백나무잎이 생각 깊은 소리로 떨어진다. 호두나무에서는 산비둘기인가 가끔 깃드리를 한다.

「망할 자식.」

첨지의 가슴에는 칠성이에 대한 원정으로 찼았다. 쓸상부른 나무는 떡잎부터 알아 본단 말도 헛말이다. 그 소처럼 충직하던 놈이 어떻게 며칠새로 그렇게 변할 수가 있는가,

그에게는 꿈같았다. 꿈치고는 악몽이었다.

첨지는 구룡동안의 수없는 학교졸업생을 회상해본다. 박순보 둘째 자식은 농사짓기 싫다고 졸업장을 말아가지고는 불끄는 자동차 파는 상점으로 들어갔다. 공부라야 국어마디나 하니 공부로 벌어 먹지 못할 것은 빤한 일이다. 그래도 나려올 때보면 양복에다 가죽구두를 신고 골연을 빡빡 피운다. 갑자기 올빼미가 되었는지 길을 못 분간할 밤도 아니건만 전지를 껐다 켰다 뽐낸다.

「내 눈이 영낙없지. 네놈이 돈 팔원 받아 가지구 뭘루 가죽구두를

사신구, 뭘루 골연을 사피구……」

춘보 아들 녀석은 몇 달 전부터 집에 와서 있다가 하루는 낯선 사람 와서 뒤결박을 지어가지고 갔다.

「똑똑해서 잘 됐다는 놈 부러워 할 것두 아니지.」

하며 「서울 진고개 어떤 큰 상점 주인한테 잘 보여서 서사가 되더니만 갑자기 우쭐해져서 장가를 들면서도 저 아범한텐 알리지도 안 잖았던가. 창피하다구 제 댁을 데리구 나려오지두 않구. 잘난자식 둔 보람이 뭔가.」

소위 학교 공부 좀 했다는 자식들 쳐놓고 등에 지게를 지고 짚신을 삼아 신던 것은 그것도 칠성이 뿐이었다. 담뱃대를 가지고 다니던 것도 칠성이뿐 공불하구서도 농사짓는데 창필 않는다는것도 칠성이뿐, 분에 넘치는 엉뚱한 생각에 사로 잡혀서 공연히 몸이 달아 다니지 않는 것도 오직 칠성이 뿐이었다. 누구 누구 할 것없이

「내가 잘못이지 농사꾼이 구구루 농사나 알킬께지 주제넘게 학교를 보내 가지구 그 속을 썩이나. 차라리 어디 가서 팍 뒤져버리기나 했으면……. 첨진, 하늘이 돌보시는 사람이니께 그런 자식을 두었지 갯바닥에서 용이 났지.」

그렇게 부러워 칠성이가 뿌로커판엔 뛰어든단 말이 될 말인가. 그놈이 공돈을 노리닷게…….

생각할수록에 절통할 노릇이었다.

「그래두 아주 배내 병신은 아니고 보니 저만 정신 차리면 되련만……」

이것이 심지어의 지금의 첨지의 기원이었으나 농군 녀석의 주머니

에 아사힌지 뭔지 하는 내지인이나 피우는 골연이 들어가 봤으니 다
시 담뱃대가 소용이 될 수 있을 건가도 싶다.

「그러고 보면 그자식이 장가를 뒀다 든다구 그러던 것두 속심이 있
어서 한 노릇인지두 모르지.」

모든 것이 걱정이었다. 나이 스물 둘이면 자식 나이가 늦었는데 언
제든지 논 닷마지기에 소 한마리는 세워놓고야 장가를 든다고 해서 첨
지는 되려 대견해 했던 것이다.

「그놈이 학교 댕긴 게집을 얻을랴구 그랬을까……」

첨지는 이런 생각을 하다말고 몸서리를 쳤다.

못된 꿈은 맞는다. 첨지가 무엇보다도 무서워했던 칠성이의 거동은
한 가지 한 가지 사실로서 나타났다. 아비의 눈을 기우게 되고 어미를
속이고 쇠로 만든 담배곽이며 유리 물쭈리가 생기고 담배곽도 첨지는
보도 듣도 못한 것이 눈이 뜨이기 시작한다. 죽으라면 죽는 시늉이라
도 하던 칠성이는 말끝마다 거시었다. 그래도 거셀 동안은 오히려 나
았다. 밥풀로 새를 잡듯이 살살 발러 맞추기 시작하더니 하루는 집을
나간 지 사흘만에야 눈이 퀭 해서 기어 들어왔다.

「인전 더 두고 볼 수 없다. 이눔 네가 죽든지 내가 죽든지 오늘이야
말로 끝장을 내리라……」

논에다 낙엽을 끌어다 넣어주고 돌아 오는 길에 칠성이가 들어 왔
다는 말을 듣고 이렇게 잔뜩 벼르고 들어와보니 칠성이는 벌써 또 다
녀 나간 후였다. 밤이 늦도록 기다려도 묘연하다. 칠성이는 그날 밤에
도 돌아오지 않았다. 그럴 것이 그때는 벌써 서울 한복판에 여관을 잡

고 앉았을 때였으니까……

첨지가 신문지로 바른 석유 궤짝 속에 싸고 싸서 넣어둔 돈 삼십원이 없어진 것을 발견한 것은 이튿날 아침 밥상을 받다말고 불현듯 생각이 나서 열어 본 때였다.

김첨지는 두 번째 울었다. 구들장이 나려 앉아라하고 방바닥을 치며 울었다. 돈이 아까워 운 것은 아니다. 돈도 아까웠다. 눈이 꿩하도록 배를 곯으면서도 손을 못 댄 송아지 돈이고 보니 원통치 않을 리도 없기는 하다. 그러나 삼십원 돈이 하상 무엇이랴. 첨지는 송아지돈을 그놈한테 채었나는데 보다도 농군의 자식이오 저도 농군인 칠성이가 송아지돈에 손을 대게까지 된 그 망자리에 증오와 원망을 느끼는 것이었다. 그토록이나 소 때문에 오매불망을 하는 아비의 마음을 여지없이 짓밟게까지 된 아들의 변심에 첨지는 가슴을 쳤던 것이다. 소를 세워 지이다하는 농군의 마음을 짓밟도록 변심한 놈에게 땅의 고마움이 알리 만무라 했다.

지금의 첨지에게 소원이 있다면 그것은 칠성이가 백만금을 벌어가지고 오는 것도 아니오 명예나 지위가 높아져서 돌아오는 것도 아니다. 그럴 수가 없겠지마는 만일에 기적이 생기어 칠성이가 백만금을 벌어 왔다거나 고등한 지위와 명망을 얻었다 손 치더라도 첨지에게 말을 시킨다면 그것은 어디까지나 산 중개를 하고 얻어오는 구문과 다를 바 없다는 것이다. 제 분에 넘치는 것은 모두가 구문이오 공것이다. 제 피와 제 땀이 섞이지 않은 보수는 모두가 정말 제 것이 아니다. 첨지는 칠성이 위인을 누구보다도 잘 안다. 칠성이가 제 주제로 돈을 모았다면 짚신을 삼았거나 짐질을 했거나 가마니나 멍석이나를 짰거나 해서 모았을 것이다. 그밖에 재주가 없는 위인이 돈을 모았다면 그것은 불로이득이 분명하다. 첨지는 또 칠성이 공부를 잘 안다. 조합에서 나오는 편지도 겨우 뜯어보는 쥐꼬리보다도 짧은 것이다. 그 학문과 그 주제로 명예나 지위가 고등해졌다 해도 그것은 제 것이 아니라 공것이다. 공것과 불로이득을 받는 사람, 도리는 사람은 벌써 농사꾼이 아니오 그런 사람의 마음으로는 도저히 농사꾼이 될 수 없다는 것이 김첨지의 지론이다.

「그런 사람일수록에 씨두 안뿌리고 걷히기를 바라느니 한 알 뿌리고 두폭 세폭 나기를 바라거든. 농사란 그런 게 아니거든, 뿌린 자리에만 나고 그것도 가꾼 놈이라야만 열매를 맺는 겐데 그런 맘뽀 가진 사람이 동리에 들어오면 동리가 망하는 법이야.」

칠성이의 맘뽀가 벌서 농사꾼의 맘뽀가 아니니 저와 나와는 딴 남이 됐다는 것이다.

「제 놈이 인재 들어온댓자 공것이라군 깨 한톨 없는 농사꾼의 집에 와서 살 수도 없을께구……」

첨지는 이렇게도 말했다.

그러나 그렇다고 첨지도 사람인이상 자식의 신상에 마음이 쓰이지 않았다고야 누가 보증하랴. 아니 자식을 극진히 사랑하기 때문에만 미워할 수도 있는 것이 아닐까.

(1943년 1월호)

들에 서서

··· 이동규

김군이 시골살림을 시작하던 그해부터 바람도 쏘일 겸 구경도 할 겸 한번 내려오라고 편지할 때마다 늘 말하는 것이었고, 나도 서울에서 그리 멀지 아니한 시골이나 한번 가보려고 늘 마음은 먹고 있으면서도 결행을 못한 채 그럭저럭 두해 가을이 그냥 지내가 버리고 말았다.

올 가을에는…… 하고 역시 생각은 하고 있으면서도 실행을 못하고 있던 판에 우연히 두 휴일(休日)이 겹치는 날이 있어 관청이나 회사에 다니는 사람들이 하이킹이니 등산이니 하고 제각기 배낭(背囊)을 하나씩 짊어지고 나서는 바람에 나도 어데 교외나 나가볼까하는 충동을 느끼게 되었다. 그리해 어디를 갈까 생각한 끝에 정하고 나선 것이 숙제의 김군의 시골 심방이었다.

짊어진 것도 들은 것도 없이 그냥 빈 몸으로 정거장에 나와 보니 참으로 엄청나게 많은 사람이 대합실로 마당으로 가득 차 있다. 이래가지고는 도무지 차표를 사가지고 기차를 탈수 있을 성 싶지 생각되었

다. 동리어구에서 김군의 집을 물으니 동쪽에 「노깡우물」 앞집이라고
일러준다.

　—별안간의 습격을 김군은 놀래리라

　—가만히 가서 그를 놀려 줘야 할 텐데…

　—지금 무엇을 하고 있을까?

이런 생각을 하며 어쩐지 울렁거려지는 가슴을 안고 그 「노깡우물」
을 향해 바로 동리 한 가운데로 들어섰다. 낯선 손을 보고 개들은 여
기저기서 짖고 어린아이들은 유심히 쳐다본다.

　그예 김군의 집을 찾은 나는 그 새까맣게 검은 문패를 바라보며 한
번 크게 그의 이름을 불러볼까? 그의 무슨 재미있는 방법으로 내가 온
것을 알릴 수 없을까 이런 것을 생각하고 있는데 안으로서 어린 아이
하나가 톡 튀어나와 이 생각을 그냥 깨트려버리고 말았다. 틀림없는
김군의 아들인 그에게 나는

　「아버지 계시냐?」

하고 물어보았다. 색다른 서울 손님의 태도를 유심히 살펴보며 여섯
살 가량 되어 보이는 그는 저의 아버지가 밭에 나가있다는 것을 알려
주었다.

　「어머니는?」

하니 그는 안을 가르치며 다시 뛰어 들어간다. 조금 있더니 안에서

　「누가 오셨어.」

하며 나오는 부인은 김군의 부인이었다. 얼굴빛이 검어지고 살결이 세
여지고 아주 촌부녀의 틀이 잡힌 그는 말소리까지도 좀 무뎌진 것 같

았다.

「오랜 간만이올시다.」

내 인사가 떨어지기 전에

「에 그 최선생께서……」

하며 그는 놀래는 일변 반색을 한다.

「그래 시골재미 좋으십니까.」

「네 어서 들어오세요.」

「김군은 밭에 나갔나요.」

「네, 어서 안으로 들어오세요. 곧 불러 오지요. 참 어려운 출입을 하셨네.」

하고 그는 방을 치우려고 하는 것을

「밭이 어딥니까? 밭으로 슬슬 가보지요.」

하고 나는 물었다.

「아녜요. 가서 불러 오지요. 안으로 들어오세요.」

그러나 나는 고집을 쓰고 같이 가겠다는 것도 거절을 하고 김군이 있는 밭으로 행했다.

밭은 마을 등성을 넘어선 곳에 있었다.

머리에 흰 맥고모자를 쓰고 팔다리를 걷어붙이고 소를 몰며 쟁기질을 하는 사나이 그는 틀림없는 김군이였으나 삼 년 전에 머리를 길게 기르고 창백한 얼굴을 해가지고 차점으로 서울거리로 돌아다니던 그 인상밖에 없는 나로서 처음 그의 이 모양을 대했을 때 놀라지 아니할 수 없었다. 그는 어느 모로 뜯어보아도 이제는 진실한 농군이요 흰 손의

인텔리는 아니었다. 생활이란 이렇게도 사람을 변하게 만드는 것일까?

나는 쫓아가 그의 쟁기 붙던 억센 손을 잡았다.

「유붕이 자 원방내하였네.(有朋自遠方來)」

나의 이 불시의 방문에 미상불 김군도 놀란 모양으로

「아, 자네가……」

하며 나를 쳐다보고는 얼른 말을 이루지 못한다.

「그래 재미 좋았나」

「온단 말도 없이 와?」

「언젠 내가 노문 놓고 댕기나 무에 장한 행차라고……」

「어쩐지 올 가을에는 한번 올 것 같은 생각이 들더라니…… 그래 집에는 다 별고 없고?」

「응. 자네도 다 별고 없나…… 그런데 쟁기질을 제법 잘하는 걸 보니 이제는 아주 농군이 다 됐네 그려.」

「그럼 농군이 안 돼가지고 어떻게 농사를 짓나.」

「그래도 나는 자네가 시골 내려와 농사 짓는다기에 자네 손으로는 못하리라 했지.」

「내 손으로 안하면 누가 해주겠나. 이제는 아주 농사꾼이 돼버렸네…… 잠깐 기다려 이 골만 갈고……」

하더니 그는 다시 소를 몰고 쟁기를 겨누며 앞으로 나간다. 그의 지나간 뒤에는 단단한 땅이 갈리어 흙이 솟아 일고 골이 난다.

나는 밭둑으로 나와 서서 그의 밭가는 모양을 보고 희한히 여기고 서 있었다. 참으로 의외의 일이었다. 그가 삼년 전 서울의 문학청년 생

활을 청산하고 시골로 내려가 농사를 짓겠다고 우리들 몇몇 같은 동지
에게 선언을 했을 때 우리들은

「자네가 무슨 농사를 짓겠나.」

「한 달도 못 살고 다시 올라 올 게야.」

「애초에 끌고 내려가지도 말게.」

하고 모두들 말리다 시피 했다. 그것은 그의 이 생각은 역시 그의 생
활의 권태에서 오는 한 동반이나 그렇지 아니하면 낭만적인 환상에 지
나지 못하는 것이라고 생각하였기 때문이었다. 우리들은 항시 모이면
입버릇같이

「이래서는 안 되겠어.」

「역시 어디다가 생활의 근거를 세우고 문학이고 무엇이고 해나가야
지.」

하고 되풀이하며 그 퇴폐한 분위기에서 벗어나야 할 것을 절실히 느끼
고는 있었으나 아무도 그 분위기에서 탈출해나간 사람은 없었다. 역시
날마다 낡은 문학책권, 원고지 조각이나 끼고 모여서 보들레르를 말하
고 말라르메를 이야기하고 값싼 문학담론으로 그날그날을 보냈다. 그
러는 판에 누구보다도 더 문학미치광이로서 심각한 표정으로 찻집 한
구석에 진치고 앉아 미래의 대시인을 자연(紫煙)속에 그리며 하루하루
를 보내던 김군이 돌연

「나는 시골로 가네. 가서 농사를 짓겠네.」

하고 선언했을 때 다 웃고 곧이 여기지 아니한 것도 무리가 아니었다.

「인젠 귀농운동(歸農運動)인가.」

하고 비웃는 벗도 있었다.

그러나 김군은 진정이었다. 그는 그 선언을 한 지 한 달이 못되어 드디어 그것을 실행하고 말았다. 우리는 그가 내려간 뒤

「뭘 조금 있으면 또 서울에 나타 날걸세.」

「그가 농사지을 사람인가.」

하고 그가 또 얼마 안가 걷어치우고 서울로 올라올 것을 뻔히 내다보는 듯 예상하고 있었다. 그러나 우리의 예상과는 반대로 그는 그대로 시골에 뿌리를 박고 말았다. 그의 이야기는 차차 우리들 사이에 멀어져 가고 그의 생각은 점점 사라져 갔다.

때때로 내게 편지가 올 때마다 나는 동무들에게 그의 이야기를 해 그가 화제에 오르고 시골에 그가 건재한 소식이 전해졌을 뿐이다. 그는 차차 우리들 사이에서 잊혀 가는 사람이었다. 그리고 또 그는 어찌 생각함인지 서울에서 그리 멀지 아니한 곳에 있으면서도 잘 서울에 나오지 아니하였다. 그러나 내게만은 적어도 두서너 달에 한번 가량은 소식을 전했다. 그의 편지에는 한 번도 서울에 대한 미련을 말한 일이 없었다.

지금에 와서 그를 만나보고 농사꾼이 되려는 그의 결심이 참으로 굳었던 것이라는 것을 나는 비로소 깊이 느끼게 되었다. 그는 정말로 우리들 중에서 새로운 생활을 발견한 사람이었다.

나는 김군이 밭에서 나오기를 기다려 함께 그의 집으로 돌아왔다. 김군의 부인은 그동안 밥을 새로 짓고 계란을 삶아 반찬을 만들고 했다.

우리는 밥상을 대해 마주 앉았다. 방안은 북적이고 천지고 도배는

누렇게 끄러 반자 아니한 천장의 흙빛과 한빛이었다. 떨어진 장판 사이로는 흙이 삐져나왔다. 흙냄새가 물큰물큰 나는 방안에 들어앉은 김군의 모양은 이집과 이 방안과 잘 조화되었다. 김군의 부인도 그렇고 그의 자녀들도 그렇다.

다만 조화 안 되는 것이 이 양복을 말쑥이 입고 얼굴빛이 흰 나뿐이었다.

「방이 누추해서……」

김군의 부인은 몇 번이나 이렇게 말하며 아랫목 방바닥을 자꾸 걸레로 흠처 위로 올렸으나 김군은 그저

「시골 방이 그렇지.」

하고 나에게 대해 별로 개의치 않는 모양이었다.

「자네가 이렇게 농사꾼이 될 줄은 우리는 정말 상상도 못했네.」

밥을 먹으며 나는 이런 말을 또 되풀이했다.

「시골로 내려온 바에야 철저하게 농군이 안 되고 어떻게 살겠나.」

「그래도 그 전의 자네를 생각하면……」

「허, 허, 허.」

그는 밥을 먹다말고 크게 웃었다 그 웃음소리도 더 크고 굵어졌다고 나는 느꼈다. 김군의 부인도 웃고 나도 따라 웃었다. 그러나 나의 웃음은 강잉한 웃음이었다. 웃음 끝에 나는 한줌 우수에 가까운 슬픔을 느꼈다. 그전과 똑같다고는 할 수 없어도 거기에서 얼마 변천되지 아니한 생활을 하고 있는 나로서는 그의 그 전의 이야기를 한 웃음으로 치워버릴 수 있는 기백에 눌리지 않을 수 없었다. 우리에게 비해

그는 확실히 생활의 한 승리자였다. 우리는 패배(敗北)도 아니요 승리도 아닌 구렁에서 헤매고 있는 것만 같이 생각되었다.

「서울 동무들 사이에 더러 내 얘기가 화제에 오르나?」

그는 웃으며 이렇게 물었다.

「어쩌다가 더러 얘기들을 하지.」

「그래 어떻게들 생각하고 있는 모양이지?」

「그저 농사를 짓는가보다 이렇게들 생각하고 있을 뿐이지 뭐. 별로 깊이 걱정해 생각는 일도 없을게요 크게 관심을 가지려고 하는 사람도 없을게 아닌가……」

「그렇겠지 몇 해만 지나면 나를 아주들 잊어버리고 말거야. 나는 그 것을 바라고 있지마는……」

「그건 또 왜?」

하며 나는 밥숟갈을 놓고 물을 마시고는 그의 얼굴을 처다 보았다.

「적어도 나는 그들의 생각이 미치는 권외(圈外)의 사람이기 때문일세. 나는 이제는 그저 다른 모든 농군과 조금도 다름없는 범범한 농사꾼이 니까…… 그렇기 때문에 나를 그 전에 문학청년이었던 사람이 무슨 새 로운 생활을 탐구해 시골로 내려가지고 농사꾼이 되어 농사를 짓는다 하는 그런 다른 눈으로 보아주는 것이 싫다는 이보다 아주 그렇게 여 겨지는 것이 시들하고 우습단말이야. 더군다나 군들이 나를 무슨 새로 운 생활 발견의 견본 모양으로 생각하고 화제를 삼는다든지 또 문학의 제재로 삼는다든지 한다면 나는 자네들을 정말 경멸하고 대들 터일 세……」

상을 물리고 그는 담배를 피어 물며 다시 계속해 말했다.

「사실 내가 시골을 내려오려고 결심했을 때 나의 생각은 자네들이 생각하는 바와는 아주 딴판이었네. 나는 사실 그 당시 물질적으로나 정신적으로나 막다른 골목에다 닥쳐 있었네. 나는 정말 일개의 범부로 돌아가서 말하자면 백지로 돌아가서 애초부터 지성이니 무엇이니 하는 그 따위 생각을 일체 다 버리고 그냥 한 평범한 인간이 되어가지고 재출발할 결심을 했었네. 이것은 그 당시의 우리로서는 참으로 어려운 일이었고 자네들이 나를 그렇게까지 보지 아니하였던 것도 무리가 아니야. 나 자신부터도 내게 그런 결심이 섰었다는 것이 이상할 지경이니까 말해 무엇 하겠나. 그리해 나는 이 시골로 내려와 가지고는 그전의 가졌던 모든 허영이란 다 버리고 오는 그 날부터 나는 이 시골의 다른 사람들과 똑같이 밭으로 논으로 나서 농사를 배웠네. 나는 처음에는 서울 동무들과 소식도 일체 끊으려고까지 생각했으나 그것부터가 벌써 평범한데서 떠나는 유수야한 일이기 때문에 나는 보통사람이 하는 대로 소식도 전하고 더욱이 자네에게는 편지도 자주는 못했지만 늘 소식을 전했었네…… 그러니까 내가 무슨 농촌으로 돌아가라는 그런 부르짖음에 응해서 왔다든지 더군다나 전원을 찬미한다는 무슨 그런 로맨틱한 생각에서 시골을 온 것이라든지 그런 게 아니고 그저 나는 농사 지어 먹고 살라고 온 거야……」

하며 그는 웃었다. 나는 그의 말에 별로 대답할 말이 없어서 그저 고개를 끄덕거릴 뿐이었다.

「그러니까.」

하며 그는 다시 말을 이었다.

「나는 자네들이 그저 문학이니 무어니 하고 그 전과 같은 생활을 그래도 하고 있다고 조금도 그것을 비웃고 싶은 생각도 없으며 또 그것이 잘못된 태도라고 비판하고 싶은 생각도 없는 것일세. 내가 이렇게 꾹 박혀 농사짓는 것이나 그들이 문학에 대한 정열을 버리지 않고 거기 집착한다는 것이나 다 마찬가지지 무엇이겠나. 다만 이제 서로 길이 달라졌을 뿐이지.」

「그야 그렇지.」

나는 거의 무의식적으로 그의 말에 동의하였다. 속으로는 여러 생각이 떠올랐다. 그에게는 무엇인지 나를 누르는 것이 있다.

「농사짓는 것도 참 재미있는 일이야.」

그는 내가 침묵하고 내 태도가 다소 침울해진 것 같이 보이자 이렇게 화제를 돌렸다.

「글쎄. 나로서는 알 수 없는 일이지. 지어본 사람이 아니고서야……」

이렇게 대답하려고 한 것이 이런 말이 나오고 말았다. 그는 돌연 큰 소리로 또

「하, 하, 하.」

웃음을 터트리더니

「자네 또 무슨 생각을 하나?」

하고 내 얼굴을 들어다 보았다.

「응?」

하며 나는 당황한 빛을 감추느라고 애썼다.

「밤을 삶았는데 좀 잡수어보세요.」

하고 김군의 부인은 쟁반에 밤을 담아다 놓고 나간다.

「자 먹세.」

하고 김군은 먼저 한 개를 골라 딱 깨문다.

「그래 올해는 한재가 심했지.」

하며 나도 그 중 굵은 놈을 한 개 골라 들었다.

「응 여기는 뭐 별로 대단치 않았어. 수리조합 구역이기 때문에……」

「그건 참 다행일세. 그래. 이제 먹고 살만큼은 수확이 있지.」

「응. 처음 해 하고 그 다음 해는 참으로 곤란 많이 겪었지. 작년부터는 좀 나아진 셈이야. 이제 겨우 먹고 살아가게는 되겠어. 몇 해만 더 견디면 그럭저럭 괜……찮겠는데 뭐 우리 내외 다 벗어부치고 나가 논밭에가 사니까…… 봄여름은 죽어나지. 그렇지만 가을에 곡식이 익고 걷어 들일 때의 기쁨은 정말 상상키 어렵지. 이 기쁨은 정말 노력의 보상이니까……」

「자 우리 밥 먹고 논에 나가보세. 나의 신고(辛苦)의 결정을 내 보여주지.」

「자네가 짓는 농사는 몇 마지기나 되나?」

「한 열 마지기 되지.」

「소작이지?」

「그럼 소작이지. 내 어디 땅 있나.」

「그것 가지면 자네 식구 살아가기에는 군색하지 않은가.」

「우리는 겨우 살아가지…… 농사짓는데도 여러 가지로 개량할 점이 많아. 재래의 영농방법을 개혁하면 좀 더 소출이 많아 지겠는데, 그것도 그리 쉽게 얼른 되는 게 아니야. 차차 좀머리를 써가지고 좀 개량을 해볼 작정이지. 그리고 내년에는 과수를 좀 심어 보려는데……」

「과수원 그거 참 좋은 생각일세.」

「그러나 과수원은 장기전이야…… 자 우리 들에나 나가보세.」

하고, 김군이 일어서는데 나도 따라 일어서며

「아까 밭을 갈다마지 않았어. 바쁜데 내가 와서 끌고 돌아다녀 괜찮은가?」

하고 미안한 듯 이야기 했다.

「괜찮아. 오늘 하루는 놀지. 시골은 사실 가을은 눈코 뜰 새가 없으니까……」

나는 김군을 따라 마을 앞 누우런 벼가 파도치는 들로 나갔다. 논뚜랑 길을 걸으며 다시 푸른 산을 바라보고 들을 바라보니 다시 가슴이 시원해지고 마음이 명랑해졌다.

「이 근처는 그래도 다들 벼가 잘됐어.」

「응 작년과 별로 차이가 없지. 여긴 뭐 해마다 그리 큰 변동이 없어. 가물어도 한재가 대단치 않고 수해도 별로 보지를 않으니까……」

김군의 논은 마을에서 꽤 떨어진 곳에 있었다. 그는 논 주위로 나를 데리고 돌며 벼의 종류에 대해서, 벼를 가꾸는 데 대해서 여러 가지로 설명해 주었다.

다시 들쳐서 오는 길에 나는

「그래 자네 인제 아주 문학에 대해선 아무 미련도 없나.」

하고 물어 보았다.

「미련? 글쎄 있다면 있고 없다면 없지. 그러나 농사를 지니까 그런 것 저런 것 생각할 틈이 없어. 그러나 때때로 역시 나는 그 전 시절을 생각하는 걸 역시 그 때는 그 때대로 좋았었다고……. 역시 내 마음의 고향은 문학이야 그렇기 때문에 나는 문학에 대한 향수(鄕愁)를 갖고 있지 그러나 이것이 문학이고 예술이야……」

하고 그는 논과 밭을 가리킨다.

「결국 이게 산 예술이란 말이야. 밭 갈고 씨 뿌리고 김매 가꾸고 그리하여 나중에 수확하는 것은 한 창조니까……. 문학의 창조와 같으니까. 그리고 이 창조의 기쁨은 또한 예술창조의 기쁨과 마찬가지거든……. 농사는 산 문학이야.」

이렇게 말하며 그는 껄껄 웃었다.

「과연!」

하며 나도 동의했다.

「정말 농사짓는 마음이나 문학하는 마음이나 마찬가지거든……」

「그러니까 자네는 역시 지금도 문학을 하고 있는 셈일세.」

하고 나는 웃었다.

「그런 셈일까?」

하며 그는 또 다시 크게 웃더니

「그러나 저러나 나의 일 나의 관심 이제는 오직 봄 되면 씨 뿌리는 것이고 여름에 가꾸는 것이요 가을에 걷으는 것. 그거니까……. 사는 것이란 다 마찬가지야. 결국 이거니까……. 결국은 이것을 넘지 못하거든⋯⋯.」

하며 그는 나를 돌아다보았다.

이제는 웬만한 바람에는 동요가 되지 않는 뿌리박힌 큰 나무와 같은 그에 대해 나는 사실로 경의를 바칠 수 없었다. 그 동안의 그의 방황과 고민은 마치 오늘의 이 굳힘을 위한 준비였다는 것 같이 나는 생각되었다.

「그저 한 개의 초부 한 사람의 어옹, 하나의 농부로 마치는 것 이것으로 조와 더 허영을 가질 필요도 없고⋯⋯ 결국은 다 마찬가진걸 뭐. 그저 나는 이제 꾸준히 갈고 걷어 들이는 것뿐일세⋯⋯ 그리고 자네는 또 꾸준히 쓰고⋯⋯ 자네 이 논 보게. 저ㅡ기 우물이 있지 않은가. 아, 저놈의 우물이 정말 보물이거든. 암만 가무는 해에도 샘이 마르지 않는 단 말이야⋯⋯」

하며 그는 또 화제를 돌려 논 구덩이에 우물 있는 것을 가르쳤다.

「그것 참 좋군. 논마다 그런 우물이 하나씩 붙어 있으면 암만 가무는 해에도 걱정이 없겠는데.」

「아 그야 이르다 뿐인가.」

우리는 들을 구경하고 다시 김군의 집으로 돌아왔다. 김군의 부인은 바쁜 모양으로 한시를 방에 들어와 앉아 있는 때가 없었다. 우리가 들어오는 것을 보더니

「감을 좀 잡숴 보실까.」

하고 선반에서 감을 집어 목판에 담아 내놓는다. 우리는 다시 잠깐 들어와 앉아 감을 먹고는 다시 일어나 이번에는 뒷산으로 올라가 같이

산보를 하며 밤나무 숲에 앉아 저녁때가 되도록 이야기를 했다. 그동 안 김군은 그 동안 농사를 배우고 짓고 한데 대한 고심담을 이야기 했 다. 그것은 한편의 입지전(立志傳)과 같았다. 우리는 다시 내려와 나는 김군의 부인을 작별하고 집을 나섰다. 부부가 다 자고 내일가라고 굳 이 붙드는 것이었으나, 내일 볼 일을 생각하고 나는 그 청을 물리쳤다.

김군은 거의 정거장 앞까지 나를 전송해 주었다. 정거장까지 나오겠 다는 것을 나는 간신히 쫓아 들여보냈다.

그가 잡았던 나의 손을 놓으며 끝으로 나에게 한말은

「자네 이번 다녀가서 아예 밀레―가 되려고 하지 말게나. 나는 그 만종(晩鐘)이 싫으니까……」

하는 것이었다. 나는 미소로 거기에 대답하고 돌아섰으나 그 미소야말 로 나로서는 괴로운 웃음이었다.

(1943년 10월호)

동전(冬箋)

··· 조용만

서울은 작년 추위 같지는 않지만 그래도 요새 며칠 동안 길에 나서면 귀가 아릴만치 춥습니다. 오래 문안 못 듣사왔아온대, 그 동안 어머님 기체후 일강하시옵시고 오라비 내외와 어린 것들도 다들 잘 있습니까. 이곳은 어린 것 애비도 별고 없이 근무하오며 여식과 어린 것도 다 잘들 있습니다. 끝에 오라비 덕수 소식 언제 들으셨는지 모르겠사오나 어제 저녁에 오래간만에 집에 와서 한참이나 놀다 갔습니다. 아마 이번에는 어머님이 늘 걱정하시던 막내 며느님을 보시게 되나봅니다. 여식이 지금 이렇게 상서하는 것은 실상은 덕수가 어머님께 상서할 것인데 그렇게 숫기 좋고 뻔뻔스런 덕수도 제 혼인 일에는 역시 제 입으로는 말하기가 겸연쩍던지 자꾸 저보고 대신 말씀해 달라고 간청을 해서, 덕수 대신 제가 어머님께 사뢰는 것입니다. 어머님 기뻐하십시오. 그렇게 고집만 세고, 이상을 피우던 덕수의 눈에 드는 색시가 나섰습니다. 덕수가 제 스스로, 누님도 보고 어머님도 서울 올라오셔서 보시라고 하는 색시가 나섰습니다. 그 동안 제가 몇 번이나 참한 색시를 권해도 이 타박 저 타박으로 도무지 듣지 않던 그애가 제 스스로 참하게 생각해서 어머님과 저더러 보아 달라는 색시가 있으니 참으로 희한스러운 일이 아닙니까. 얼마나 유면한 색시일까 하고 저도 퍽 궁금증이 납니다. 날이나 풀리거든 어머님 하루 잠깐 서울 올라 오셔서 그애가 참하다는 색시를 보고가십시오. 저도 어머님 모시고 가 보려고 궁금증이 나는 것을 참고 있습니다. 덕수의 혼인은 그애가 마땅하다고 생각하는 색시이면 그애 마음대로 정혼할 것이니까 어머님이나 제가 선을 보고 나서 이러쿵저러쿵 말한대자 소용이 없을 것이지만, 그래도 그애 소원대로 빨리 한 번 어떤 색시인지 보아 주는 것이 좋지 않겠습니까? 이 애기가 조금 지리합니다마는 어머님 밤에 잠도 안 오실 터이니 심심풀이로 보십시오. 다음에 덕수가 어제 저녁에 와서 제게 이야기하던 그대로 어머님께 여쭈어 드리겠습니다.

어저께 저녁에 저녁상을 치고 설거지를 막 시작하는데 덕수가 왔습니다. 덕수 하숙집과 저의 집이 멀리 떨어져 있고 또 일이 바쁜 까닭도 있지만 노는 날에도 덕수는 별로 저의 집에 들르는 일이 없었습니다. 그 동안 몇 번 혼인 이야기가 있을 때에도 번번히 제가 대학병원으로 그애를 찾아 가거나 그렇지 않으면 밤에 하숙집에 가서 우두커니 기다려 가지고 겨우 만났었습니다. 그래 덕수가 들어오는 것을 보고

"난 누구라고. 덕수 너 웬일이냐?"

하고 웃으니까, 덕수도 따라 웃으면서

"난 왜 못 올 사람이유. 허허허."

하였습니다. 방 안에서 신문을 보고 있던 어린 것 애비도

"이거 자네 웬일인가? 얼굴을 잊어버릴 지경이었는데."

하였습니다. 어린 것들도 외삼촌이 왔다고 떠들썩했습니다. 저는 혹시나 저번에 말한 색시한테 의향이 있어서 왔나 하고 부리나케 설거지를 하였습니다. 밖에서 들으니까, 처남 매부끼리 주고받는 이야기가 역시 덕수 혼인 이야기이었습니다.

"그래, 자네 장가 안 갈 텐가?"

"왜 안 가긴 안 가요?"

"장모하고 자네 누이가 암만해도 홀아비로 늙을 작정인가 보다고 걱정들이길래말야."

"홀아비로 늙긴 무어. 마땅한 색시가 없어 그렇죠."

"아니 자꾸 골라대어도 싫다고 타박이라면서 그래."

"타박은 누가 타박을 해요. 어머님이나 누님 생각과 내 생각이 다른 걸 어떻게 해요."

"자네 암만 골라야 소용없으니 나도 자네만치 골랐지만 필경 자네 누이같은 위인을 만나서 이 고생이니까. 허허허."

하고 처남 매부끼리 껄껄대었습니다.

설거지를 다하고 올라가서 저는 덕수에게 물었습니다.

"그래 요전에 말한 색시하고 '미아이'할 테냐?"

"요전에 말한 색시라니 누구 말유?"

덕수는 시치미를 뗍니다. 요전에 말한 색시라는 것은 어머님께는 채 편지로 말씀드리지 않았습니다만, 서울 큰 회사 중역의 딸입니다. 첫

째 터이가 부자이고, 색시 아버지가 유면한 실업가이고. 생시 당자로 말하더라도 전문학교 음악과를 졸업해서 공부도 상당히 했고, 인물도 그렇게 똑단 미인은 아니지만 어글어글하게 잘생겼고 인품이 퍽 착하고 좋답니다. 중매하는 사람 말이 정혼만 하면, 덕수가 연구를 끝내고 박사 학위를 얻을 때까지 처가에 있게 할 터이고 박사만 되면 곧 병원을 내서 개업을 시키고 집을 사줄 터이라고 합니다. 저도 중매하는 사람한테 끌려서 백화점으로 물건 사러 나온 색시를 보았는데 외양도 훌륭하고 매우 참해 보였습니다. 그래서 제가 지난 주일에 덕수 하숙으로 찾아가서 덕수 친구들이 있어서 오래 자세한 이야기는 못했습니다만, 대강 이야기를 하고 왔었습니다. 그 때 덕수는 그저 제 이야기를 듣기만 하고 아무 말도 안 하였습니다. 그래 저는 이번에 덕수가 온 것이 그 색시 이야기를 하려고 온 것인 줄 알았습니다.

"아 왜 회사 중역 딸이라고 내가 말한 색시 말이지 무어냐?"

"흐응 부자집 딸이라는 거 말이지."

"호호 그 애도 남의 집 색시보고 딸이라는 게 무어냐? 그래 그 색시 말야."

"밥 지을 줄 안댑디까?"

"무어 그 애도 별걸 다 묻네. 그럼 여자가 밥 못 지을까."

"누님이나 밥짓고 설거지할 줄 알지 요새 색시가 다 그런 줄 아우? 어림없는 소리 말아요. 집에 들어오면 '피아노'나 칠 줄 알고, 밤낮으로 활동사진 구경이나 다니고 모여 앉으면 어느 가게에서 유행 옷감을 파느니 화장품이 어느 가게 것이 좋으니 하는 이야기뿐이고 요새 배급쌀이 어떻고 반찬은 어떻게 해 먹어야 영양을 보충해 나갈 수 있고 방공 연습은 어떻게 하는 것이고 첫째 공습경보가 나면 어떤 처치를 해야 하는지 아는 색시가 하나나 있는 줄 아우?"

"그런 것이야 모두 당하면 하지. 하게 되면 밥만 짓겠니? 빨래도 하고 물도 지고 방아도 찌고 무얼 못하겠니? 그렇지만 이 색시는 그렇지 않다. 친정에서 모두 해 준다니까, 설마 제 손으로 그런 일을 하게 되겠니?"

"옳지 누님도 부자 퍽 좋아하는구려. 요새 젊은 녀석들이 더구나 의학을 배웠다는 녀석들이 결혼 조건의 첫째로 개업을 시켜줄 색시집을 구한다니까, 누구나 다 그런 줄 알고. 어떤 시러배 아들놈이 제 손발이 멀쩡하면서 처가에서 개업해 주기를 바란답디까."

"에구 그 얘도. 없는 사람이 퍽 끌끌한 척하네. 이 색시는 나 보기에 괜찮더라. 부자집 딸이라도 건방지고 사치스럽지 않고 수수한 게 너 좋아하는 살림꾼으로 뵈더라."

"살림꾼이 무슨 살림꾼이에요. 부자집 딸치고 '와아마마' 하지만은 색시가 있답디까. 저의 집에서 자라난 버릇으로 남편을 개떡같이 알아서 제 맘대로 함부로 날치지 남편의 말을 한마디나 듣는 줄 아우?"

"잘도 안다. 장가를 안든 사람이 넌 어떻게 그렇게 부자집 색시 속을 잘 아니?"

"동무 녀석들이 멋모르고 부자집 색시하고 결혼했다가 혼이 나서 지랄들인 것을 보고 몰라요?"

"그럼 그 색시도 싫단 말이구나."

"싫고 말고 도무지 나하고 어울리지 않지 안수. 시골 구차한 농부의 아들로 태어나서 어떻게 대학이라고 마치긴 마쳤지만, 아직도 가난한 농촌군티가 빠지지 않은 녀석이 서울서 호의호식하고 호화롭게 자라난 색시와 어울릴 까닭이 있우. 그저 우리네같이 마구하는 살림에 어울릴 사람을 얻어야 해요."

"난 모르겠다. 괜찮은 색시를 갖다 대면 탁탁 차버리니 이젠 네 마음대로 장가 들테면 들고 말테면 말아라."

저는 슬그머니 화가 났습니다. 벌써 몇 번째 참한 색시를 갖다 대주면 무슨 핑계를 해서든지 거절해 버리니 어째 화가 안 나겠습니까? 이번 색시만 하더라도 괜찮아 보이는데 그것도 부자집 딸이 사치스럽고 제 마음대로 함부로 날치느니 또 무어 격에 맞지 않고 어울리지 않는다나 해서 한 번 당자를 보지도 않고 거절하지 않습니까?

저는 화가 나서 밖으로 나왔습니다. 뜰에 내려와서 거는 방 아궁이에 핀 구공탄이 잘 타나 보고 있었습니다. 그랬더니 방 속에서는 여전히 처남 매부가 떠듭니다.

"자네 잘 생각했네. 부자집 딸을 데불어다 놓고 아니꼬워 어떻게 견디나. 난 자네 지금 말에 대찬성일세."

어린것 아비도 덕수 생각과 똑같은 모양이었습니다.

"그저 우리네는 수수하고 부지런하게 남편 뒤 자식 뒤를 거둬줄 여자를 얻어야 살림을 해 나갈 수 있어요. 음악과 졸업생이 무슨 소용이 있답디까?"

"자네 말마따나 애를 들처업고 '가이모노부꾸로'를 들고 온 종일 쏘

다닐 수 있어야 하고 경계경보가 나면 어떻게 하고, 공습경보가 나면 어떻게 하고, 소이탄(燒夷彈)이 어떻고, 황린탄(黃燐彈)이 어떻고, 이런 것을 잘 알아야 하고 새벽이나 오밤중이라도 방공연습이 있으면 뛰어나갈 줄 아는 여자이어야 하네. 저는 편안히 누워 있고 하인을 대신 시켜서 방공연습에 나가게 하는 그런 요새 색시들은 좀 생각해 볼 일이거든."

"형님도 퍽 개명하셨는데 누님만이 아직도 완고하시군요. 허허허……"

주거니 받거니 방 안이 떠들썩했습니다. 그러더니 다시 얼마동안 밖에 잘 안 들리게 수군거렸습니다. 얼마 있다가 다시 어린것 아비가 저를 부릅니다.

"여보 이 사람이 마땅한 색시를 고른 모양이니 들어오구려."

합니다. 덕수 제 손으로 마땅한 색시를 구했다는 것이 의아해서 곧이 들리지 않습니다. 더구나 그렇게 고집만 세던 것이 밉살머리스러워서 듣고 싶지 않지만 한편으로 궁금도 해서 방으로 들어갔습니다.

"장가 안 든다던 사람이 참한 색시라니 웬 소리냐?"

저는 일부러 퉁명스럽게 말을 붙였습니다. 그랬더니 덕수는 빙그레 웃고 앉았고 어린것 아비가 대신 나서서

"남 재미있는 이야기 나오려는데 왜 이렇게 퉁명이야. 자 어서 자네 그 이야기나 하게—"

하고 덕수를 재촉합니다. 그래도 덕수는 내 눈치만 보고 싱글싱글 웃고 있더니

"이야기가 좀 긴데."

하고 입을 열었습니다.

"나하고 한 교실에 있으면서 내 연구를 지도해 주는 최선생이 있지 안수. 그 최선생이 그저께 아침에 나를 보고 내일 저녁 다섯 시에 밥 먹지 말고 자기 집으로 와 달라고 그래요. 무슨 날이냐고 물으니까 자기 생일인데 시골서 고기를 조금 얻어 왔으니 같이 먹자는 것이에요. 그 전에도 가끔 최선생 집에 가서 저녁을 먹는 일이 있기 때문에 간다고 그랬죠. 어저께가 공일 아니에요? 최선생 집은 뚝섬이란 말예요. 동대문에서 기동차를 타고 한 반시간가량 가야 되어요. 기동차는 반 시간만에 한 번씩 떠나는데 어제는 공일이건만 사람이 어찌 많은지 맨 부인네 뿐예요. 그래 네 시 반에 떠나는 것을 잡아탔는데 중간쯤 가니까 사람이 조금 비더군요. 그래 보니까 내가 서 있는 앞에 자리에 스물 갓 넘어 보이는 여학생 같은 여자와 그 옆으로 늙수그레한 촌부인네가 앉아있어요. 여학생 같은 여자가 열심히 책을 보고 있길래 힐끗 보니까 '양우'라고 양식량(糧) 자하고 벗우(友) 자의 '양우'라는 잡지를 보고 있겠죠. 식량협회에서 발행하는 잡지인데 '결전하의 대용식'이란 제목의 기사를 읽고 있어요. 호기심이 나서 그때부터 의복이라 차림차림을 훑어보니까 검음 '몸페이'에 운동화를 신고 머리는 중발인데 별로 화장도 안하고 아주 수수하게 차렸는데, 그렇다고 '계힝(下品)'하게 뵈지도 않겠죠. 책을 든 손을 보니까, 손끝으로 물만 튀기는 생활을 하는 요새 색시의 손이 아니라 일하고 노동하는 손이에요. 얼굴은 둥근 편인데 혈색이 좋고 건강해요. 무어 미인은 못되지만 이상해 보이거나 눈서투른 얼굴은 아니란 말예요. 사람이 많은데 면구스러워서 더 자세히 보지는 안았지만 내가 자기를 주의해 보는 것을 알았을 텐데, 아주 '오찌쓰이데' 태연자약하게 책만 보고 있단 말예요. 그러자 뚝섬을 다 가서 기동차가 어떻게 된 셈인지 가다가 별안간 정거를 하거든요. 그 래 사람들이 모두 비틀거리는데, 그 젊은 여자 옆에 푹 수그리고 앉았 던 촌부인네가 별안간 왈칵하고 토했단 말예요. 어떨 김에 토하는 것 이 그만 이 젊은 여자의 옷과 손과 책에다가 우거지인지 무인지 냄새 가 탕진하는 것을 홈박 씌워놓았단 말예요. 앞에 서 있는 내게도 몇 방울 뛰어 왔지만 그건 대단치 않고 젊은 여자의 일이 참 딱하단 말예 요. 모두들 어쩔 줄 모르고 에구 저를 어쩌나 하고 법석이죠. 일을 당 한 젊은 여자는 잠깐 얼굴빛이 변하더니 다시 곧 아무렇지도 않게 되 어서 황당하게 손으로 자기가 토한 것을 걷어치우는 촌부인에게 미소 를 띠면서 괜찮습니다하고 손수건을 꺼내서 차근차근 씻어내겠죠. 요 새 보통 젊은 여자 같아봐요 당장 발악을 하고 무슨 야단이 벌어질 것 이 아니에요. 늙은이 머리털이라도 꺼들어 제치고 욕설을 퍼부을 것이 아니에요. 그런데 이 여자는 아무말 안하고 잠자코 씻어 내리기만해요. 내가 자세히 보았지만 더러워하는 눈치도 없어요. 토한 늙은이는 그저 어쩔 줄을 모르고 사과만 들입다 하거든요. '글쎄 괜찮으니 걱정 마세 요' 하고 도리어 미안해하는군 그래요. 아름다운 풍경이 아니에요. 나 는 아주 감격해서 이 침착하고 아름다운 여자를 물끄러미 보고 있었 죠. 대강 다 씻어낼 무렵에 기동차가 뚝섬에 도착하더군요. 그래 나는 먼저 내렸는데, 토한 늙은이가 자꾸 자기 집이 바로 이 앞이니 집에 가서 더 잘 좀 씻고 가라고 자꾸 붙들고 젊은 여자는 그냥 괜찮다고 하고 하는 것만 보고 나는 내려서 최선생 집으로 갔죠. 어찌 감격했던지 최선생 집에 들어가는 길로 최선생 부부한테 그 이야기를 했죠. 그랬더니 최선생 부인이 최선생을 눈짓해 보면서 '순희가 아닐까?' 한단 말예요."

"그래 잘 아시는 분입니까?" 하고 물으니까 아니라고 하면서 내외분이 마주 웃겠죠. 그러자 누가 왔다고 하녀가 부인을 불러 데려가고 또 얼마 있다가 최선생이 마저 불러 들어가고 웃고 떠들썩하더니 다시 최선생이 나와서 음식 준비가 되었다고 같이 안방으로 들어갔는데, 안방 식탁 앞에 최선생 부인과 같이 서 있는 여자가, 놀라지 마세요. 바로 아까 그 젊은 여자란 말예요. 내가 깜짝 놀라 몸을 움칫 하니까 최선생이 껄껄 웃으면서 "자네 왜 이렇게 놀라나? 아까 감격할 때와는 딴판일세그려." 한단 말예요. 그래 최선생 부부와 어린애들과 손님으로는 그 여자와 내가 같이 한상에서 저녁을 먹었죠. 밥 먹을 때의 그 여자의 거동은 너무 지루하니 그만두고 밥을 다 먹고 최선생은 나를 끌고 사랑으로 나와서 실상인즉 오늘 '미아이'를 시킨 것인데 그래 어떠냐고 묻는단 말예요. 그 여자의 집안과 당자는 쩍 말없고 내가 모두 담보할테니 네 의향만 말하라는 것이에요. 그래 어머님과 누님하고 의논한 뒤에 결정하겠다고 그러고 왔죠. 그래 오늘 누님한테 온 것이란 말이에요.

이것이 덕수의 이야기입니다. 덕수는 그 색시가 매우 마음에 드는 모양입니다. 어떻습니까? 어머님. 그 색시와 만난 이야기가 우습고 옛날 이야기 같습니다마는 중매하는 선생이 믿음직하고 무엇보다도 그

렇게 까다롭던 당자의 눈에 든 모양이니 어지간하면 곧 정혼하는 것이
좋겠습니다. 빨리 어머님께서 서울 올라오셔서 더 자세한 이야기도 들
으시고 선도 보십시오.

이만 끝입니다.

여식올림.

(1944년 2월호)